ADULTÈRE

YVES RAVEY

ADULTÈRE

LES ÉDITIONS DE MINUIT

1

Le portrait de Remedios, ma femme, fêtant la veille notre anniversaire de mariage, ne quittait plus mon bureau de la station-service. Le contemplant, pour me persuader que nous étions un couple heureux, j'ai comparé cette photographie avec celle prise le jour de nos fiançailles à Venise. J'ai eu beau approcher les deux clichés l'un de l'autre, je n'ai relevé aucune différence. Les traits de son visage, distants de dix années, étaient les mêmes. Dans un sens, cela m'a rassuré. J'ai glissé la photo d'anniversaire dans son cadre neuf, et je l'ai fixée au mur du bureau.

2

Ensuite, j'ai consulté le dossier de déclaration de faillite. La première page ouvrait sur un feuillet mobile, le plan cadastral de l'entreprise, telle que nous l'avions achetée il y a dix ans, à notre retour de Venise. La station, construite le long de la route nationale, se déployait en arc de cercle et sur un seul niveau, orienté selon un axe est-ouest. Notre logement, plein est, dessinait une légère courbe, ensuite c'était le bureau à baie vitrée, qui faisait office de boutique destinée à la vente des accessoires automobiles. De là, on passait dans le bar, assez vaste, et du bar au garage avec ses deux ateliers d'entretien et de réparation. Chaque espace, dont notre appartement, ouvrait directement sur la piste. Plus loin, plein ouest, c'était le parking séparé des prairies alentour par un grillage. La station, avec ses distributeurs d'essence, se voyait délimitée de la nationale par un terre-plein couvert de plantes grasses, sous l'enseigne lumineuse jaune et rouge du groupe pétrolier.

3

Cette nuit-là, Remedios est rentrée plus tard que d'habitude. Le gardien était en congé, la station-service baignait dans les premières lueurs de l'aube. Une voiture a déposé ma femme devant la piste. J'ai observé la scène de la cuisine, à travers les fentes des persiennes. Remedios est sortie du véhicule, cheveux dénoués, en appui sur la portière ouverte. Elle s'est attardée à bavarder avec le conducteur, dont je ne parvenais à distinguer le visage, mais je n'avais aucun doute sur son identité. Et puis, j'ai attendu derrière les volets. Le moteur s'est arrêté. Ma femme, le col de sa robe couvert de paillettes, a fait le tour de la voiture. D'un pas tranquille, légèrement déhanchée, longeant le bord de la carrosserie, elle s'est appuyée contre l'aile avant, côté conducteur.

Remedios cherchait maintenant une cigarette dans son sac à main. Habillé à la hâte, blouson sur l'épaule, pantalon de travail, j'ai traversé notre cuisine, et suis entré, par le couloir, dans le bureau. De là, en retrait derrière la baie vitrée, j'ai pu observer la piste. Ma femme avait trouvé sa cigarette et poursuivait la discussion. J'ai tapoté contre la porte en verre de la boutique, pour signaler ma présence, mais impossible qu'elle m'entende. Le conducteur, après quelque cinq minutes, a fini par baisser sa vitre, j'ai reconnu Walden, le président du tribunal de commerce. Alors, j'ai ouvert la porte, et j'ai lancé un grand salut. Pour justifier ma présence devant les pompes à essence à cette heure avancée de la nuit, j'ai dit que j'avais entendu du bruit.

Je n'en voulais pas à Remedios de rentrer si tard. C'était plutôt la présence de Walden qui me préoccupait. Il était assis dans sa voiture, coude sur la vitre, autoradio en sourdine, respirant l'air de la nuit. Finalement, il a ouvert sa portière pour venir à ma rencontre, main tendue : Je voulais te saluer, Jean. Mais, sans attendre, je lui ai demandé s'il avait des nouvelles de mon dossier de dépôt de bilan présenté le mois dernier au tribunal de commerce. Ce qui l'a décontenancé. On en reparlera plus tard, à tête reposée, a-t-il répondu.

La présence de Walden, debout à quatre heures du matin, sous l'auvent de la station-service, en compagnie de ma femme, le visage défraîchi, était difficile à accepter. Je l'ai dit. Walden a déclaré que, dans ce cas, si je prenais les choses de cette façon, il préférait nous laisser tous les deux régler nos problèmes en famille. Il a fermé sa portière, lancé un appel de phare, puis il a démarré. J'ai regretté de lui avoir réservé un tel accueil, sans même l'offre d'un verre, eu égard, pour le moins, à la présence de Remedios, qu'il venait de raccompagner. Ça me rassurait tant qu'elle soit revenue. Mais la voiture de Walden s'était déjà fondue dans la nuit.

Maintenant, Remedios marchait en boitillant. Prenant appui contre la paroi de la boutique, elle a fini par retirer ses escarpins vernis. Elle s'est approchée, marchant sur les pointes, cherchant une éventuelle excuse à cette arrivée tardive. C'était inutile. Ma femme n'avait rien à craindre, elle savait très bien que je ne lui poserais aucune question.

Je lui ai tendu une chaise. La nuit était douce. Assis à l'extérieur, devant la porte du bar, nous avons parlé du redressement judiciaire de la station-service. Le mieux, m'a-t-elle dit, au terme de notre conversation, serait de ne pas prendre de risque avec Walden, de ne pas couper les ponts. Ce serait quand même trop bête, non, de ne pas profiter de la sympathie du président du tribunal de commerce à ton égard ? Tu ne crois pas, Jean ? Je te dis qu'il te considère avec respect, et toi, tu dois le ménager, c'est un allié précieux. Ma femme ajoutant qu'à tout point de vue, une solide amitié facilitait les rapports. Aussi, elle m'a reproché ma mauvaise humeur, mon manque de tact et de politesse.

Le jour se lèverait bientôt. J'ai éteint l'enseigne lumineuse, et balayé la piste autour des pompes à essence. Remedios a disparu dans la chambre. Plus tard, à l'ouverture de la station, j'ai entrouvert la porte, une tasse de café chaud entre les mains, et je me suis assis sur le bord du lit. Ma femme dormait toujours.

4

Remedios est apparue, en peignoir de bain, vers la fin d'après-midi. Le temps que je lui prépare son petit déjeuner dans la cuisine, elle m'a remis en mémoire le rendez-vous du lendemain avec Walden. J'ai répondu que je me contenterais du téléphone. Ma femme n'a pas manqué de rappeler, avec insistance, que Walden nous serait utile pour faire face aux ennuis causés par le dépôt de bilan. Mais pour l'instant, je préférais ne pas avoir affaire à lui, et Remedios m'a dit, comme tu veux, Jean. Ensuite, elle a passé la fin de la journée étendue sur une chaise longue, face à notre coin de pelouse bordant l'aile arrière de l'appartement, à l'abri des regards venus de la station-service.

J'ai trouvé curieux, ce jour-là, que Remedios n'ait pas de rendez-vous en ville, comme d'habitude. C'était dimanche, certes, elle s'était couchée très tard, se disait fatiguée, mais ça me paraissait inhabituel. Le soir, elle a somnolé devant la table de jardin, et j'ai préparé le dîner. Remedios a réclamé une boisson froide, je me suis rendu dans le bar de la station-service, chercher une bouteille de vin.

Le tintement d'un outil tombé sur le sol de l'atelier, qui ouvrait sur le bar, m'a alerté. J'ai aperçu Ousmane, mon mécanicien et veilleur de nuit, avec sa casquette rouge, s'activant, clé anglaise en main, à proximité de l'établi roulant. J'ai posé la bouteille sur le comptoir, et je me suis rendu dans le garage. La casquette rouge d'Ousmane affleurait maintenant le rail du pont élévateur, sous une voiture en révision. Il s'essuyait les mains dans un chiffon enduit de cambouis, debout devant un filet d'huile de vidange s'écoulant du moteur.

Ousmane m'a salué. Il m'a demandé si le dossier de licenciement, envoyé par l'Inspection du travail, était toujours sur mon bureau, et si j'avais signé le certificat de fin de contrat. Tout est en ordre, ai-je menti. C'est-à-dire qu'en réalité, je n'y avais pas touché. Il s'est essuyé de nouveau les mains, en me rappelant son besoin impératif du document.

Ousmane, présent un dimanche soir, jour de fermeture, réclamant son certificat, j'ai craint qu'il n'accepte de quitter les lieux sans que je lui aie remis, accompagnant le dossier, sa prime de licenciement. Il resterait là, à rôder autour de la station et dans l'atelier, jusqu'à paiement, en liquide s'il vous plaît, de cette indemnité.

Remedios, l'allure nonchalante, cigarette à la main, prenait le frais, devant la porte de la cuisine, au bord de la piste. J'apercevais sa silhouette en contre-jour. La lumière dans l'appartement, derrière elle, produisait un halo lumineux autour de ses cheveux. De loin, elle nous a adressé un signe, et j'ai proposé à Ousmane de patienter, le temps pour moi de retrouver son dossier.

Mais Ousmane devait remettre sans délai ce document rempli à l'Inspection du travail. Il l'a redit. Et cela m'est revenu à l'esprit : j'avais effectivement promis de le rendre en même temps que je lui paierais son indemnité. J'ai avancé alors que Remedios allait lui faire un chèque tout de suite. Comprends-moi, Ousmane, c'est dimanche, jour de congé, je ne m'attendais pas à te voir.

Ça fait trois semaines, monsieur Seghers, que j'attends ce dossier, a repris Ousmane. J'ai laissé passer un temps de silence. Il a poursuivi, les yeux rivés au sol : Amina, ma femme, que vous connaissez, monsieur Seghers, m'a interdit de partir d'ici sans le papier, et sans l'argent. Vous pourriez faire un saut à la banque et retirer le montant de ma prime au distributeur de billets, ce n'est pas loin d'ici, je peux même vous accompagner, si vous le voulez. Je lui ai proposé de s'asseoir devant le bar. Ousmane a pris place, à contrecœur, en face de moi.

Je peux te donner un gage, Ousmane. Simplement, je te demanderai de ne pas en parler à ma femme. Et pourquoi n'aurais-je pas le droit d'en parler à la patronne ? Parce que ça ne la regarde pas. J'ai détaché ma gourmette : C'est pour toi, elle est en or… Ousmane a eu un geste de refus. Ce bijou t'appartient, tu pourras le dire à Amina, c'est un acompte, de l'or dix-huit carats. Je lui ai tendu la gourmette, cadeau de Remedios lors de notre voyage de fiançailles à Venise.

Ousmane a reculé d'un pas : Justement, si c'est un cadeau de fiançailles, monsieur Seghers, je ne préfère pas, ça me gêne, je ne suis pas venu pour cela… Rappelez-vous, le jour même où vous m'avez annoncé le dépôt de bilan, je vous ai parlé de mon indemnité. Vous saviez donc que je vous la réclamerais, alors vous feriez bien d'y penser. À force d'insistance, Ousmane a saisi ma gourmette. La soupesant entre deux doigts, puis la faisant glisser du pouce à l'annulaire, enfin dans le creux de sa main, le visage tendu, il l'a glissée dans sa poche.

5

Je suis arrivé au tribunal de commerce à l'heure fixée par Walden dans un message adressé à Remedios. La secrétaire m'a invité à la suivre : Monsieur Walden vous attend. Le président s'est levé à mon entrée dans le bureau, il m'a demandé comment ça allait, si j'avais bien dormi depuis la nuit dernière, malgré ce fâcheux incident en présence de ma femme, et si, après cette bonne journée de repos, j'envisageais les choses avec plus de clairvoyance ? Walden avait une proposition. Il l'a présentée en m'observant attentivement. Besoin de savoir ma réaction, a-t-il précisé, déclarant ensuite, après un long moment de silence, qu'il avait trouvé moyen, enfin, de me venir en aide. Je lui ai demandé ce qu'il entendait par le fait de me venir en aide. C'est très simple, Jean, je t'ai trouvé du travail et je te propose l'effacement d'une partie de tes dettes. Le président du tribunal avait mûrement réfléchi à la situation. Ce qu'il avait à me proposer lui paraissait viable, il l'a dit avec une certaine solennité. Ne manquait qu'une chose, mon accord. Il avait en tête le rachat de l'entreprise avec le concours d'un fonds de pension, dans les six mois. C'est une bonne nouvelle, non ? J'ai répondu que, depuis le dépôt de bilan, l'entreprise ne valait plus rien. Mais, selon Walden, c'était sans importance. Il saurait attendre. Il m'a annoncé dans un second temps qu'il m'emploierait comme gérant, je resterais donc salarié de l'entreprise.

6

Dès la sortie du tribunal de commerce, je me suis rendu chez ma mère, Dolorès, un quartier résidentiel, au nord de la ville. J'ai mis cette visite imprévue sur le compte d'un petit emprunt dans ses économies, à rembourser dans les six mois. Ce qui me permettrait, ai-je justifié, d'entrevoir l'extrémité du tunnel. Mais j'ai eu beau discuter avec ma mère, elle ne s'est en aucun cas laissé convaincre d'aider son fils. Elle voulait avant toute chose m'annoncer cet événement, qui changeait le cours de sa vie : son nouveau compagnon. C'est de lui que nous avons parlé, mais j'ai d'abord posé des questions sur l'honnêteté de l'agence matrimoniale qu'elle avait consultée, car je me méfiais des choix opérés par ma mère.

Dolorès s'était reconvertie, depuis son départ à la retraite, en accompagnatrice de groupes. Elle voyageait beaucoup, en autocar le plus souvent, d'un endroit à l'autre de l'hexagone, en qualité de guide bénévole pour le compte d'une agence de tourisme culturel, c'était son expression. Cet homme qu'elle dénommait son nouveau compagnon, elle l'avait rencontré sur rendez-vous. Puis, au terme d'autres rencontres en tête-à-tête, elle l'avait invité à participer à la visite d'un barrage hydroélectrique sur le Rhin, qui s'était soldée par une promesse de vie commune.

Je dois reconnaître, de ce point de vue, que je n'avais aucune envie d'entendre ma mère évoquer ses connaissances masculines, d'autant que cet homme, qui se prénommait Salazare, allait emménager sous peu, peut-être même il serait déjà là quand je prendrais congé. Ma mère n'était pas très soucieuse de me savoir rembourser, ou non, mes dettes. Elle pensait que mieux valait emprunter, profiter d'un taux réduit, à la banque. J'ai annoncé, dans le but de l'alerter, la mise sous hypothèque de notre appartement de la station-service. Mais rien ne l'a fait changer d'avis. Elle s'est rendue dans la cuisine, où elle est restée longuement, à préparer le café, sortir le cake de son emballage en cellophane, choisir les couverts, les mini-berlingots de sucre en poudre. Je me suis alors trouvé contraint de pénétrer, à son insu, dans sa chambre à coucher, d'ouvrir rapidement l'armoire, de fouiller à la hâte le rayon habituel contenant son service de table de Lunéville, de retirer quelques billets rangés sous enveloppe dans la soupière, et de revenir.

Ma mère ne dépensait pas sans compter. Elle était très économe, mais elle ne comptabilisait pas le montant de ses rentrées d'argent reçues sous forme de rente mensuelle. Il va sans dire – mais nous n'en parlions jamais – que mon père ne lui versait aucune pension complémentaire. Je pouvais donc lui emprunter un peu d'argent, sans que cela constitue un drame. Au pire, je risquais quoi ? une réflexion désagréable lors de ma prochaine visite, ce qui, dans ce cas, me disais-je, serait parfaitement compréhensible. Dolorès est revenue de la cuisine, et elle m'a servi. Nous avons alors évoqué son changement de vie, et maman, sur mon conseil, car cela me mettait mal à l'aise, ne s'est pas étendue, comme elle l'aurait souhaité, sur ses instants d'intimité avec Salazare. J'ai dû ainsi considérer que Dolorès recommençait une nouvelle existence, et elle m'a promis de venir au prochain barbecue, mais attention, elle ne serait plus seule maintenant.

7

Le soir même, j'ai aperçu Amina devant la station, avec ses deux enfants, qui jouaient au ballon en bord de piste. La présence d'Amina m'a surpris. Ousmane manœuvrait sa voiture. J'ai donc pris le temps d'inviter Amina à entrer dans notre appartement. La porte du salon, qui donnait sur la pelouse, était ouverte. Je lui ai proposé de patienter sur l'un des fauteuils. Je ne tarderais pas à la rejoindre, j'allais, de ce pas, prévenir Remedios, qui serait ravie de l'accueillir.

Et je suis reparti dans le garage discuter avec mon veilleur de nuit. Il attendait toujours le dossier, dûment rempli par mes soins, a-t-il précisé, condition de sa validation par l'Inspection du travail. Alors, il m'a demandé si je l'avais retrouvé, ce satané document. Je te parle franchement, Ousmane, comme je l'ai toujours fait, je ne suis pas parvenu à remettre la main dessus, ce qui implique que je ne peux pas régler tout de suite ton indemnité de licenciement. Mais j'ai aussi une bonne nouvelle, Ousmane, voilà ton acompte. Je lui ai remis l'argent, en petites et moyennes coupures, prélevé dans l'armoire de Dolorès.

Ousmane a ouvert l'enveloppe, non sans méfiance, levant les paupières vers moi, puis baissant les yeux sur l'enveloppe. Je lui ai demandé si cela suffisait. Il a mis un certain temps, manipulé les billets un à un, en les posant sur l'établi. Il a aussi jeté un regard sur ses enfants, qui jouaient toujours au bord de la piste, en plein soleil, tout au fond du parking, entre les carcasses de voitures. Il faut que je compte d'abord, monsieur Seghers. Mais ça s'éternisait. Ousmane a reposé la dernière coupure. Il a dit : Je m'y suis repris à deux fois, monsieur Seghers, le compte n'y est pas. Mais mon mécanicien semblait considérer en même temps que c'était déjà un bon pas de franchi. Ce qui m'a encouragé. J'ai insisté. Sur ce point, ça aurait pu être pire, Ousmane, et je me suis dirigé vers la cuisine.

Remedios discutait avec Amina autour de la table. Une nouvelle fois, j'ai salué Amina, qui m'a tendu la main. J'ai annoncé, grand seigneur, que tout allait pour le mieux, et j'ai voulu savoir, par précaution, pour tester le degré d'impatience d'Amina, si Ousmane allait bien, lui aussi. Sa femme m'a répondu, sur un ton désobligeant, qu'elle voulait savoir avant toute chose, et ça ne m'a pas plu, si j'avais bien remis son argent à son mari. Elle a ajouté, un peu anxieuse, m'a-t-il semblé : Vous comprenez, monsieur Seghers, j'aimerais bien repartir l'esprit tranquille avec les enfants.

Ousmane est apparu. Il a salué Remedios, et, sans attendre, émis le souhait de discuter avec la patronne. Puis, voyant que je ne réagissais pas, il m'en a demandé l'autorisation. J'ai acquiescé, un peu surpris malgré tout : Bien entendu, tu peux discuter, quand tu veux, Ousmane. Mais Remedios n'a pas bougé, elle a demandé à mon mécanicien si le compte y était, et Ousmane a déploré que le montant calculé par moi soit inexact. Remedios s'est levée, elle est partie dans la chambre. De l'endroit où j'étais, je l'ai aperçue dans le miroir de la coiffeuse, ouvrir son sac à main posé sur le lit, fouiller à l'intérieur, en sortir son portefeuille, le manipuler, puis le laisser choir au fond du sac.

Concentré sur les gestes de ma femme, j'ai perçu, sans avoir à tendre l'oreille, le déclic de la fermeture dorée du sac à main. Elle est revenue, a tendu l'argent à mon veilleur de nuit, lui demandant si, cette fois, il s'estimait heureux, et si ça convenait ? Ousmane a répondu : C'est l'argent qu'on me doit depuis des semaines, mes indemnités de licenciement non réglées alors oui, évidemment, ça me va, mais il ne faut pas croire, madame Remedios, ça ne me rend pas heureux pour autant, parce que cet argent, je ne l'oublie pas, c'est le mien. Et on m'en doit encore : je vous rappelle le pourcentage sur la vente des accessoires.

J'ai pressé Ousmane de faire preuve d'un peu de patience, bon sang, on va bien y arriver. Dans peu de temps, a-t-il répliqué, le regard sombre, ce sera ma dernière nuit, alors je vous le dis tout net, patron, je préfère régler le problème pendant qu'il est encore temps. C'est couru d'avance, si vous ne me réglez pas ma note maintenant, je serai dans l'obligation de revenir vous voir, et ça recommencera, vous trouverez de nouvelles excuses, et la note, ce sera pour ma pomme.

Amina est sortie, elle a traversé l'appartement pour rejoindre ses enfants devant le bureau, attendre son mari.

J'ai entraîné Ousmane à l'écart. Et tout en marchant, ma main sur son épaule, nous nous sommes retrouvés dans l'atelier. Le coude appuyé contre l'établi, Ousmane m'a fait part de sa déception. Je lui ai répondu : Ousmane, sais-tu l'effort auquel nous consentons pour vous satisfaire, toi et ta famille ? Mais enfin… ! Tu vois bien que nous faisons notre possible ! Le ballon des enfants a rebondi sur le sol, le plus petit des deux garçons a surgi dans l'atelier pour le récupérer. Le ballon s'est logé entre mes jambes, j'ai shooté en direction de la porte, et j'ai ressenti une vive douleur au bas du dos. L'enfant est ressorti en courant, hilare. Merci, monsieur Seghers ! Et Ousmane lui a ordonné, haussant la voix, de rester poli avec le patron.

Alors, il m'a proposé, à mon grand étonnement, de passer dans le bureau : On sera plus tranquilles pour discuter. Et quand nous sommes entrés, il a posé un document devant moi, en fait, le revers d'une méchante enveloppe kraft, bord déchiré, maculé de traces de cambouis, et il m'a demandé, le temps pour moi d'évacuer mon mal de dos, de signer une reconnaissance de dette. Mais pourquoi, Ousmane ? Je ne te dois presque plus rien. Simple précaution, ça fait trop longtemps que ça dure, monsieur Seghers. Il a évalué le montant, par une rapide soustraction à voix haute. Et j'ai écrit. Quand il m'a vu apposer ma signature en bas du texte, Ousmane a repris l'enveloppe : Ce genre de papier, ça peut toujours servir, n'est-ce pas, monsieur Seghers ? Ousmane a plié l'enveloppe en deux avant de l'introduire dans la poche intérieure de son blouson. J'ai rejoint Remedios.

8

Peu avant midi, le samedi suivant, j'ai préparé la marinade de viande en poivrant les travers de porc et les côtelettes d'agneau couvertes d'herbes aromatiques, mélangées au piment rouge, comme je le faisais souvent quand j'invitais la famille proche, c'est-à-dire ma mère.

Dolorès est arrivée vers treize heures. Elle s'installait pour la nuit, avec son nouveau compagnon, dans la chambre d'amis. Manifestement, elle ne s'était pas rendu compte de mon emprunt, car elle ne m'a adressé aucune remarque. Mais rien de certain. Attendons… Au prétexte de vérifier le branchement de sa lampe de chevet, je lui ai demandé si cet homme qui l'accompagnait était bien ce Salazare dont elle m'avait parlé l'autre jour. Ma mère a répondu par l'affirmative. Elle s'est plainte de mon refus de l'écouter quand elle avait évoqué son nouveau compagnon lors de ma dernière visite. Mais ce reproche qu'elle m'adressait me confirmait par ailleurs qu'elle n'était pas allée vérifier, dans son armoire, le montant de ses économies après mon passage. Je lui ai donc répondu que j'étais prêt à l'écouter maintenant, elle pouvait me raconter son aventure avec son nouvel ami. Nous avons parlé un long moment, et j'ai fini, durant l'évocation de sa promenade au bord du Rhin, par apercevoir Salazare, confortablement installé dans un fauteuil, au bord de la pelouse, son verre d'apéritif à la main.

Enfin, j'ai rejoint Remedios, qui sortait du four la dernière cuisson de gâteaux à pâte feuilletée. Salazare est apparu dans l'encadrement de la porte, une main dans la poche, l'autre maintenant son verre. Il portait un pull carmin sans manches, à col en V, une chemise orange pâle, un pantalon gris clair tombant en accordéon sur de confortables mocassins couleur crème, à semelles épaisses. Il s'est dit heureux de faire ma connaissance, ma mère lui avait beaucoup parlé de moi. N'était-ce donc pas l'occasion de me demander si j'avais besoin d'aide dans la station ? Il avait du temps, ces jours-ci, et j'ai répondu, faute de l'éloigner, que j'allais bientôt mettre la clé sous la porte. Salazare a voulu savoir, avec un certain sans-gêne, si, pour en arriver là, j'avais commis des erreurs dans la gestion de l'entreprise. J'ai nié la moindre faute de parcours, simplement, ai-je justifié, j'ai envie de voir ailleurs, mais ne craignez rien, Salazare, elle sera rachetée, cette station.

Selon lui, appuyé contre le mur, faisant tourner, par désœuvrement, son verre vide dans le creux de sa main, ça arrivait souvent, ces faillites. Et si c'était le cas, on ne pouvait s'en prendre qu'à soi-même.

Par exemple, lui, il avait été maçon. Quand j'ai pris ma retraite, a-t-il tendu son verre dans l'attente que je le resserve, mon entreprise est restée florissante, malgré mon départ. Et si je travaille encore, ici et là, a-t-il poursuivi, c'est pour arrondir les fins de mois. Au cas où ça vous intéresserait, sans vouloir insister, Jean, je peux vous donner un coup de main, de temps à autre. Dolorès m'a dit que vous aviez beaucoup de travail, elle dit aussi que vous n'êtes pas très bricoleur, suffit de demander. J'ai répondu que, justement, le futur patron était des nôtres. En effet, je venais d'apercevoir Walden qui traversait la piste, un carton contenant du vin sous un bras, bouteille qui m'était destinée, a-t-il annoncé, et des chocolats dans un ballotin à couleurs vives, pour Remedios.

Walden a profité de sa visite pour faire le tour du garage. Je l'ai rejoint. Il discutait avec Remedios. Quand j'ai ouvert la porte, il annonçait à ma femme qu'il rachèterait dans la foulée un magasin de prêt-à-porter dans le centre-ville. Je lui ai fait visiter les lieux, en lui disant : À mon avis, et comme je te connais, Xavier, tu dois déjà avoir ton idée sur la question des aménagements après le rachat. J'avais raison, car si Walden n'avait jamais visité l'atelier en ma compagnie, il se comportait comme un habitué. J'en ai déduit qu'il avait déjà pris ses repères en étudiant la situation, la disposition des locaux, le contenu des livres de compte, plutôt avec Remedios qu'avec moi.

Mais ce n'était pas ma seule préoccupation : au retour du garage, j'ai exprimé à Remedios mes doutes vis-à-vis de Salazare. Ma femme a répondu que j'avais tort, je devais être plus attentif à ma mère, prêter plus d'attention à ses projets. Salazare est revenu. Sa présence me dérangeait, je n'avais pas envie de reprendre ma discussion avec lui. Ensuite j'ai aperçu la voiture d'Ousmane, qui prenait son service pour sa dernière nuit de garde.

9

À mon réveil, cette nuit-là, je me suis rendu compte que j'étais seul dans le lit. Il n'était pas quatre heures. J'ai entendu Remedios bouger dans la cuisine, un rai de lumière filtrait sous la porte. Je me suis relevé, le temps d'enfiler un pantalon et un tee-shirt, mais il n'y avait personne dans la cuisine. J'ai ouvert le rideau, puis les persiennes. La station était déserte. Dans le bureau, on apercevait la lumière tamisée du veilleur de nuit, sans doute assoupi, car il n'y avait pas de client. Seul, un semi-remorque stationnait au fond de la piste, le long du parking. Sa silhouette se profilait sous le panneau lumineux du groupe pétrolier. Les néons, sous l'auvent, ne fonctionnaient pas, mais les pompes étaient allumées. Rien de plus normal. Remedios, je l'ai supposée dans le bar, peut-être accoudée au comptoir, devant un verre.

J'ai inspecté du regard les alentours de la station, côté nationale, fenêtre ouverte, et j'ai poussé la porte battante du couloir conduisant au bar. J'ai appelé ma femme, à voix basse, mais c'est le visage de Walden qui m'est venu à l'esprit : le président du tribunal de commerce, c'est très bien, ai-je ressassé la même histoire, on peut dire que c'est un ami, et qu'il nous a déjà rendu service, je le reconnais, mais parfois, je préférerais qu'il ne se mêle pas de nos affaires. Je n'aimais pas beaucoup non plus sa façon de se comporter avec ma femme. Allons, Seghers, tu dérailles, me suis-je sermonné, on arrête, s'il te plaît, de parler de Walden. Ce que fait le président du tribunal ne te regarde pas, ça concerne d'abord Remedios, et j'ai ouvert la porte du bar. Quelques pas.

Ma femme, contrairement à ce que j'avais supposé, n'était pas accoudée au comptoir. J'ai fait le tour de la pièce, contourné la caisse enregistreuse. Personne. Puis, j'ai fureté, d'un recoin à l'autre, voir si, par hasard, Remedios ne se serait pas assoupie, assise, la tête sur les bras croisés, comme je l'imaginais, et comme il m'était arrivé de la découvrir certains soirs, quand elle éprouvait le besoin d'être seule.

J'ai appelé de nouveau, debout au milieu de cette salle déserte. Il était maintenant quatre heures du matin, et je me suis trouvé un peu ridicule. Laissant le bar derrière moi pour entrer dans la pénombre de l'atelier, j'ai marché parmi les outils en désordre, les gaines de câbles électriques, manquant de glisser sur une flaque d'huile logée dans une crevasse du béton. J'ai terminé le tour d'inspection de l'atelier, après un passage du côté de la fosse de vidange, en évitant les batteries dans leur emballage, les pièces de rechange, les trains de pneus, chiffrant par réflexe le montant que je devrais encore indiquer à Walden, en prévision du rachat. Enfin, j'ai terminé le tour du pont élévateur, me heurtant au poste de soudure à l'arc, et j'ai branché la lampe baladeuse pendue à son clou.

Ma silhouette dansait sur les murs de brique, au rythme de mes mouvements. M'est revenu le souvenir des premiers jours, quand j'arborais sous l'auvent de la station la blouse blanche, le badge avec son logo agrafé au col, port imposé par Berthomieu, l'agent commercial du groupe pétrolier. Je me suis rappelé avoir reçu, dès les premières semaines, les félicitations du responsable du secteur Alsace-Franche-Comté, pour mon accueil vingt-quatre heures sur vingt-quatre des clients de passage. Car j'ouvrais déjà la nuit, mon ambition étant à l'époque, au terme de deux années, de gérer une station d'autoroute. Vous imaginez : Remedios au secrétariat, comptabilité, concession Seghers, mon nom en grosses lettres à l'entrée, autoroute du Soleil, la vallée du Rhône. Tout pour réussir. Ça a bougé, là-bas, au coin de l'appartement. Je me suis déplacé, j'ai d'abord pensé à un chien errant.

Et puis, j'ai entendu un appel : mon prénom. J'étais sorti du garage et je me retrouvais sur la piste. Ma mère se tenait dans un recoin, entre notre appartement et la route nationale. Elle portait un survêtement bleu marine sur son maillot jaune de l'équipe de Sochaux. Je lui ai demandé ce qu'elle faisait là… ? à cette heure-ci ? Mais enfin, maman, c'est insensé… ! Elle prenait l'air, car elle ne parvenait pas à dormir. Dolorès n'a pas manqué de me rappeler que, la dernière fois, j'avais installé un écran de télévision dans sa chambre. Elle avait pu suivre le tennis, tournoi de Melbourne, mais cette fois, rien. Je lui ai dit combien c'était dangereux à son âge de rester au bord de la nationale, ça circulait déjà à cette heure. Elle s'est déplacée vers le peu de lumière dispensée par un lampadaire de l'autre côté de la route, puis elle m'a prié de lui faire savoir ce que moi, je faisais, éveillé à une heure pareille. Je n'ai pas dit que j'étais à la recherche de Remedios. J'ai répondu que je ne parvenais pas à trouver le sommeil. Nous avions trop bu durant le barbecue, j'avais mal à la tête. Ma mère m'a demandé, d'une voix lointaine, si j'avais un problème, puis, après un léger temps, si mon couple marchait comme je l'entendais. Ma réponse, immédiate, fut que Remedios dormait, et je prenais l'air, moi aussi. Il n'y avait pas de problème, et il n'y en avait jamais eu. Dolorès m'a redemandé comment ça allait, si j'avais des soucis avec la station. Elle éprouvait le sentiment que quelque chose clochait. Et je lui ai rappelé, pour éviter d'avoir à parler de Remedios et de Walden, qu'au début, mon intention était de reprendre une autre station-service, même groupe pétrolier, mais plus grande, plus gros chiffre d'affaires, et Remedios serait de la partie, évidemment. Ma mère s'est confondue, cette fois, avec l'obscurité. Je n'entrevoyais plus qu'un léger contour de sa silhouette, mais je l'entendais parfaitement. Elle m'a dit : À supposer que cela se produise, crois-tu que ta femme serait d'accord pour t'accompagner ? C'est évident, ai-je répondu, pourquoi ce doute de ta part, maman ? J'ai proposé à Dolorès, toujours en retrait dans l'ombre, de la raccompagner en lui prenant le bras. Merci, Jean, je peux rentrer seule, et j'ai posé la question suivante : N'aurait-elle pas observé quelque chose d'anormal ? Non, tout va bien, a-t-elle répondu. J'ai remonté vers le haut de la station. Ma mère a pris la direction de l'appartement pour gagner sa chambre. Je l'ai observée attentivement traverser la piste avant de disparaître derrière la porte de la cuisine, me souhaitant, de loin, par un geste de la main, une bonne fin de nuit.

Parvenu en bordure du parking, le long des grillages, j'ai aperçu ma propre voiture, aux vitres couvertes de buée. Un chuchotement m'est parvenu de l'habitacle, et je me suis retiré. La portière avant gauche s'est ouverte, Remedios est sortie.

Instinctivement, j'ai fouillé l'obscurité du parking pour découvrir la voiture de Walden, en vain, et suis revenu sans bruit devant le garage. La portière droite s'est ouverte. Ousmane, apparu sous la lueur du lampadaire, a rejoint Remedios. Ils ont marché tous les deux en direction du bar. Visiblement, ils prenaient garde au moindre bruit. Un tintement, léger, a traversé l'air, ça provenait de la cuisine. Remedios a stoppé net, pour tendre l'oreille. Je le savais, ce bruit, c'était ma mère rejoignant sa chambre. Je les ai devancés dans le bar sans m'y attarder. Enfin, j'ai attendu, en position de guetteur, derrière la porte conduisant à l'appartement.

Remedios s'est installée au comptoir, sans prendre la peine de fermer à clé derrière elle. Dehors, la rampe lumineuse de l'auvent est restée éteinte, signe qu'Ousmane ne reprenait pas tout de suite son poste. Ma femme s'est précipitée dans ses bras quand il l'a rejointe au comptoir. Je suis resté immobile, et je les ai contemplés s'embrasser, puis s'ébattre, me rendant compte à cet instant que jamais Remedios ne m'avait aimé avec tant de passion. Plus tard, le veilleur de nuit a pris un verre et s'est servi en alcool.

Maintenant, mieux valait me presser dans la chambre, mais j'ai pris le temps de les observer encore un instant, enlacés. Mes pensées devenaient plus claires désormais, plus fluides, alors que s'élaboraient, en instantané, point par point, les phases successives et à venir de mon projet criminel. Celui-là, je l'exécuterais sans faillir. Il consisterait d'abord à semer le trouble au sein de la famille d'Ousmane, puisque Ousmane lui-même n'hésitait pas à le semer dans la mienne.

10

Mon premier réflexe, ce matin, fut de déchiffrer, sans y parvenir, les prescriptions sur la notice du médicament acheté par ma femme pour calmer mes angoisses. Et j'appris, de passage à la pharmacie de garde du dimanche, avant le réveil de Remedios, que ce type de molécule contenait une dose infime de somnifère.

À son apparition, en milieu de matinée, bien après mon retour de l'officine, j'ai demandé à ma femme comment ça allait. Je m'y suis pris d'un ton désinvolte, suffisamment vague pour ne pas l'inquiéter. J'ai choisi de continuer comme si rien n'était advenu la nuit précédente.

J'ai alors rappelé, apportant le plateau du petit déjeuner sur la table de jardin, les premières journées d'Ousmane dans l'entreprise, il y a sept, huit ans. J'ai cherché une anecdote à évoquer avec légèreté, comme si je me moquais gentiment et sans conséquence de mon veilleur de nuit, car j'avais besoin de savoir comment on en était arrivés là. J'ai donc préparé le thé et convoqué, bon enfant, le souvenir suivant, allez savoir pourquoi je me suis arrêté sur celui-ci : un jour, Ousmane avait malencontreusement déversé de l'acide pour batterie sur sa blouse fournie par l'entreprise. Tu ne trouves pas cela amusant, Remedios ? les pans de sa blouse et son pantalon déchiquetés par les gouttelettes d'acide ? ai-je souri, amusé, en lui beurrant une tranche de pain, ce qui n'a apparemment pas eu l'heur de plaire à ma femme, qui n'a pas prononcé un seul mot, s'est limé les ongles, jambes croisées sous son peignoir, mais sans quitter la table du petit déjeuner.

J'éprouvais très fort le besoin de parler d'Ousmane : Ce garçon, souviens-toi, Remedios, vivait dans le dénuement, et aujourd'hui, il en est à me réclamer ses indemnités. Et comme ma femme ne répondait toujours pas, je me suis posé intérieurement la question, c'était inattendu : Walden était-il au courant de la relation de ma femme avec Ousmane ? Suivie d'une autre interrogation : devais-je en parler avec Remedios, ou valait-il mieux qu'elle ne s'aperçoive pas de ma découverte de la nuit ?

Ma mère est sortie de la chambre d'amis. Elle avait changé de tenue vestimentaire. Je lui ai demandé ce qu'elle avait fait de son survêtement. Elle portait en ce début d'après-midi un chemisier à rayures. Ce motif noir et blanc désavantageait sa silhouette, autant que son chemisier à fleurs, et je m'étonnais que Salazare, pourtant très strict dans son habillement, d'après ce qu'il m'avait été donné d'observer, ne lui en ait fait la remarque. Je ne dis pas, maman, que ton nouveau compagnon a bon goût, mais, au moins, lui, il se préoccupe de sa tenue. Ma mère a répondu, emportant la théière et la corbeille de pain : Laisse Salazare où il est, mieux vaut qu'il ne se mêle pas de nos discussions, d'ailleurs il ne se sent pas très bien, il a consommé trop d'alcool hier soir. Je me suis rendu devant la porte de leur chambre, que j'ai entrouverte, j'ai demandé à Salazare comment il se sentait, d'une voix tranquille, pour signifier ma décontraction du moment à Remedios, devenue méfiante depuis que je parlais d'Ousmane en termes si amicaux. Salazare ne m'a pas répondu, et ma mère, poussant la porte du pied, le plateau dans les mains, m'a expliqué qu'il n'avait pas dormi de la nuit.

Aussi, de retour dans ma chambre, après avoir rangé la table du petit déjeuner, j'ai contemplé la boîte de médicaments. Incapable de me retenir, j'ai demandé à ma femme si elle avait renouvelé mes doses. J'ai alors craint après coup une quelconque maladresse de ma part. Mais Remedios semblait ne s'être aperçue de rien.

Plus tard dans la journée, Salazare s'est joint à notre conversation. Il m'a promis de revenir pour effectuer de menus travaux d'entretien, vous comprenez, Jean, a-t-il répété, je suis à la retraite, pour moi, le temps ne compte pas.

Dès le départ de ma mère et de son compagnon, et parce que j'éprouvais, toujours aussi intensément, depuis cette nuit, le besoin de parler d'Ousmane, j'ai demandé à Remedios, l'air de ne pas y toucher, craignant cependant qu'elle ne décèle quelque anomalie dans mon empressement à poser des questions, comment elle trouvait notre veilleur de nuit depuis le dépôt de bilan. Remedios m'a répondu qu'elle n'était pas dans ses confidences, et j'ai changé de sujet. Tu te souviens, la première année, quand on a failli racheter la station d'autoroute ? Remedios se souvenait surtout qu'on ne l'avait pas fait. On était encore trop inexpérimentés, a-t-elle ajouté. Alors, Remedios, pourquoi on n'a pas saisi notre chance les mois suivants ? on avait de bons résultats au début, si je me réfère au chiffre d'affaires des premières années.

Je lui ai demandé, revenant sur le sujet de son amant, si elle regrettait ou non qu'on ait embauché Ousmane. Elle m'a rappelé qu'au début, il était question d'allègement de charges sociales, on n'avait pas été perdants, loin de là, et elle s'est souvenue m'avoir entendu dire, justement : Ousmane, je le considère comme mon fils. À ce titre, m'a-t-elle reproché, j'avais souvent manqué à ma parole. Remedios n'avait pas tort, cela m'est revenu à l'instant : j'avais effectivement promis au mécanicien un pourcentage sur la vente des accessoires, et Ousmane, lui, n'avait pas oublié. Aussi, elle m'a remis en mémoire que les premiers mois, j'allais à la pêche et au bowling avec lui. Progressivement, s'est-elle souvenue, nous nous étions attachés l'un à l'autre.

Et pourquoi, Remedios, ai-je posé la question, me suis-je attaché à Ousmane ? J'ai la réponse, tu sais : c'est parce que je me sentais seul parfois. Ce fut le silence. Le reste, je l'ai pensé : il y a eu Walden, et Remedios s'est fait embaucher à mi-temps au secrétariat du Contentieux Universel, candidature appuyée par le président du tribunal. J'ai alors mesuré en nombre d'années mes inquiétudes concernant Remedios.

J'ai continué de l'interroger : Parle-moi franchement, dis-moi comment tu te sens avec moi ? Elle a ignoré ma question, elle a dit que je devais revoir les registres de compte avant le placement définitif en règlement judiciaire, ensuite elle est venue vers moi, m'a serré dans ses bras. J'étais dans le bureau et je remettais l'argent du dernier client dans la caisse portative. Elle m'a demandé : Mais pourquoi toutes ces questions… ? Jean ? Sais-tu ce que j'aimerais ? Offre-moi plutôt un beau voyage, une croisière sans retour. J'ai demandé ce que dirait Walden dans ce cas. Mais je me moque de Walden, et tu le sais, a-t-elle poursuivi. Elle est sortie. Je ne l'ai pas quittée des yeux. Assise maintenant devant la pelouse, le soleil sur son visage, elle a chassé un insecte sur un pli de sa robe, avec grâce. J'ai pensé cette fois que le temps était venu, d'abord je commencerais par Amina, ensuite nous étudierions le cas Ousmane.

Et Ousmane, tu en penses quoi en définitive ? Remedios n'a pas réagi. J'ai répété ma question. Elle m'a répondu, tournant à peine les yeux, la tête immobile, me faisant signe qu'elle avait besoin de ses lunettes de soleil oubliées sur le bureau : Ousmane, ça aurait valu la peine de le garder, c'est un excellent mécanicien.

11

J'ai patienté la matinée du lendemain, abrité dans une ruelle, à l'ombre du gymnase Nelson-Mandela, non loin de l'immeuble habité par Ousmane. Il est sorti peu avant midi avec ses deux enfants tenus par la main, en direction du parc longeant le boulevard Nord.

J'ai frappé à la porte de l'appartement, le dossier de dépôt de bilan sous le bras, et j'ai attendu patiemment qu'on vienne m'ouvrir, mais impossible de deviner si Amina accepterait de me recevoir. Je la savais derrière la porte, j'ai insisté. J'ai dit, sans hausser trop le ton : C'est monsieur Seghers, Amina, j'ai des papiers à vous remettre. Mais des pas derrière la porte, volontairement étouffés, et peut-être un appel à Ousmane m'ont dissuadé de poursuivre. Je rencontrerais Amina à la prochaine occasion. Finalement, la porte s'est ouverte. Amina s'est posée devant moi. Je l'ai saluée en ajoutant qu'elle ne devait pas s'étonner de ma visite.

Je lui ai remis le dossier de dépôt de bilan destiné à l'Inspection du travail, qui me servait de prétexte à entrer chez Amina et à m'entretenir avec elle : Voilà, Amina, c'est complet. Et j'ai joué les étonnés quand elle m'a averti qu'Ousmane était dans le parc avec les enfants. Amina m'a expliqué que son mari laissait leurs deux petits garçons jouer seuls, le plus souvent sous la surveillance d'un voisin, et qu'il partait courir son circuit habituel pour se détendre. Elle l'accompagnait parfois, et je lui ai demandé, par pure curiosité, ai-je menti – car c'était en fait la raison exacte de ma visite –, de me décrire son trajet habituel, et Amina m'a donné quelques explications.

Je ne suis pas allé jusqu'à vérifier sur un plan de la ville, mais j'ai enregistré, point par point, les habitudes de son mari, le passage de la rivière, l'arrêt du tramway, la traversée du golf. J'ai alors noté deux endroits où il était susceptible de retrouver Remedios : l'entrée du Country Club, non loin du golf, et le bord de la rivière, après la sortie de ville.

Ces renseignements pris, et Amina mise en confiance – aidée en cela, à n'en pas douter, par ma reconnaissance de dette signée l'autre jour dans le bureau –, j'ai décliné son invitation à entrer, et je suis resté sur le seuil. J'avais encore en tête la présence d'Ousmane dans ma voiture et dans le bar, avec ma femme (pourquoi ma voiture ? pourquoi pas la sienne ? pourquoi pas celle de Remedios, beaucoup plus confortable ? ces questions me hantaient...). Amina a posé le dossier, sans le consulter, sur une commode de l'entrée.

J'ai alors demandé, dans le but de jeter le trouble, de jouir au moins une fois de ma position vis-à-vis de cette femme, ce qu'elle pensait de la relation de son mari avec l'entreprise. Amina a remis en place une mèche sur son front : selon elle, tout se passait bien. À ce propos, a-t-elle ajouté, je vous rappelle que vous lui devez encore de l'argent, vous savez de quoi je parle. De ce côté-ci, l'ai-je reprise, aucune inquiétude. Elle a souri. De toute évidence, elle ne me croyait pas. Mais ma visite, ai-je poursuivi, n'est pas motivée par le paiement de l'indemnité, moi, ce qui m'intéresse, c'est votre couple.

La jeune femme a froncé les sourcils. Cela m'a fait plaisir de la voir ciller. Comme je m'y attendais, elle m'a demandé de quoi je voulais parler. J'ai redit mon intérêt pour leur couple. Elle a répété qu'elle ne comprenait pas, mais de quoi pouvais-je bien parler ? Je lui ai laissé le temps de s'interroger en lui faisant valoir que c'était important, les relations avec l'employeur de son mari. Mais d'abord, qu'êtes-vous venu faire ? s'est-elle tendue. Depuis quand frappe-t-on chez les gens sans s'annoncer ?

J'ai repris : C'est seulement la question de savoir si Ousmane a de bonnes relations avec les personnes qu'il côtoie, c'est très important pour le choix de son prochain poste, vous savez. Amina a changé d'attitude, elle a dit : Ousmane va rentrer, vous lui poserez la question vous-même. Elle a posé les mains sur ses hanches. J'ai ressenti du défi de sa part. J'ai repris : Parlons franc, maintenant : avez-vous, Amina, des doutes sur les fréquentations de votre mari ? Par exemple, n'avez-vous jamais conçu qu'Ousmane pourrait vous être infidèle ? Elle a paru interloquée. Vous savez, je ne vous veux aucun mal, moi-même, pour tout vous avouer, je me pose des questions, à propos de ma femme, j'ai pensé que je pourrais en parler avec vous d'abord, car vous êtes concernée.

Et en quoi serais-je concernée, monsieur Seghers ? a-t-elle croisé les bras. Eh bien, je suis l'employeur d'Ousmane, que j'ai recueilli quand il n'avait pas vingt ans, vous vous souvenez ? Non, je ne me souviens pas ! Ah oui, vous n'étiez pas encore là. Eh bien, dans ce cas, si je ne peux pas me souvenir, pourquoi vous me parlez d'Ousmane quand il avait moins de vingt ans ? J'ai dévié sa question, j'ai déclaré que je me sentais très proche d'elle, concerné par le même problème. Elle m'a répété qu'elle n'avait aucun problème, et Ousmane non plus.

Dans ce cas, le mieux pour vous serait de quitter les lieux, m'a-t-elle lancé. Et je lui ai conseillé de ne pas en parler à son mari, elle pouvait même considérer que je n'étais pas venu, qu'elle ne m'avait jamais vu, que je n'existais pas. Simplement, posez-vous la question, Amina : arrive-t-il à votre mari de disparaître en pleine journée, sans que vous sachiez où il se trouve ? Mieux, vous êtes-vous déjà interrogée sur ses activités, la nuit ? Cela vous est-il déjà arrivé ? Amina m'a regardé, incrédule.

Elle a réfléchi un instant. Elle ne comprenait rien à rien. Elle m'a dit qu'elle en parlerait à tête reposée avec Ousmane. Je lui ai conseillé de n'en rien faire, ce n'était pas la peine de l'inquiéter. Elle a fini par pousser la porte, me dire sèchement au revoir.

12

Ma visite a surpris Walden. Il jouait aux cartes dans une arrière-salle du Clem's Bar, sous la lumière d'une suspension. Mains ornées de bagues disposées sur le feutre vert du tapis de jeu, il m'a demandé s'il y avait un problème. Je suis resté sans répondre, debout devant la table de jeu. Et comme je ne bougeais pas, il a rassemblé ses jetons et ordonné à ses partenaires de quitter la pièce. Je ne craignais pas Walden. C'est justement ce qui me posait question, car, je le savais, son respect à mon égard était dû à sa relation avec Remedios.

D'un geste affable, il m'a prié de m'asseoir. Il s'est assuré cependant qu'il n'y avait plus personne dans la salle, hormis Valério, le secrétaire de mairie, occasionnellement chauffeur du président du tribunal, resté derrière moi, épaule en appui contre le mur. Tout juste si je me suis aperçu de sa présence, debout dans son costume crème, attendant l'ordre de Walden pour intervenir, comme il en avait l'habitude. Mais Walden ne paraissait pas inquiet, ça se lisait sur son visage.

Je me suis avancé : Je viens pour savoir une chose, Walden, et tu vas me répondre : Quelle est ta relation avec Remedios ? J'ai entendu un léger ricanement dans mon dos, qui s'est éteint quand Walden a frémi, tout juste si son index, orné d'une chevalière, a bougé. D'un geste négligent de la main, il a fait signe à Valério de déguerpir. Je me suis appuyé sur le rebord de la table de jeu, et j'ai baissé la tête pour atteindre le regard du président, sous la lumière de la suspension.

Je ne me répéterai pas, Walden : Quelle est ta relation avec Remedios, s'il te plaît ? Et Walden m'a demandé, comme il le faisait souvent, pour quelle raison j'avais les nerfs à vif ? et par quoi de précis étais-je préoccupé exactement ? notant au passage que personne n'avait jamais fait d'irruption intempestive dans la salle de jeu, personne n'avait, encore moins, interrompu sa partie de cartes, et ça l'étonnait de ma part. Ça n'a pas l'air d'être la grande forme, a-t-il ajouté. Tu peux t'asseoir, Jean, m'a-t-il enjoint une nouvelle fois, et je me suis exécuté. Alors, tu as un problème… Une discussion avec Remedios ? J'ai déclaré que j'avais besoin d'éclaircissements, mais aussi, ce serait mieux, et je serais totalement convaincu, si j'entendais de la bouche de Remedios elle-même qu'il n'y avait jamais rien eu entre eux. Et Walden, d'un ton compréhensif, m'a répondu : Dans ce cas, Jean, il n'y a qu'un seul moyen : Valério prend la voiture, on file à ta station-service, tu questionnes Remedios devant moi.

Pas besoin de Valério, pas besoin de voiture, Walden. Tu vas lui téléphoner. Ça l'a surpris : Tu m'inquiètes, Jean ! J'ai désigné son mobile, à côté du cendrier, des cartes de jeu posées en éventail, et de la pile de jetons multicolores. Walden est resté interdit. J'ai repris : Tu vas l'appeler, sous mes yeux, et Walden a dit oui, je t'écoute. Il a concédé qu'il faisait cela pour Remedios, qu'il restait quelque chose de leur amitié du lycée. Tu sais que j'aime beaucoup ta femme, une véritable amie… Il a regardé sa montre. Tu m'ennuies, Jean. Je téléphone pour lui demander quoi ? Ça va un peu trop loin, tu ne crois pas ? Je ne plaisante pas, ai-je rétorqué. J'ai besoin d'entendre votre conversation, ça fera office de preuve. Et Walden m'a demandé s'il ne m'avait pas déjà suffisamment prouvé son amitié, ne serait-ce qu'en reprenant la station. Il a attendu un instant, il a demandé de nouveau à quoi je jouais, et j'ai failli lui révéler la relation d'Ousmane et de ma femme, mais avant tout, je voulais entendre la voix de Remedios. Walden m'a demandé si j'avais consulté un médecin, il m'a dit, d'un ton conciliateur : C'est normal, Jean, j'en vois défiler tous les jours, des patrons en faillite, alors admets que tu n'es pas le seul… Mais enfin, il faut te ressaisir, tu me parais tellement bizarre aujourd'hui… !

Il a pris son mobile, activé le haut-parleur. La dernière fois que j'accepte… a-t-il répété. Il a glissé une cigarette entre ses lèvres, très tranquillement. Ça sonnait toujours. J'ai supposé que Remedios, si elle ne répondait pas, était en train de conduire. En attendant, j'ai donné consigne à Walden de ne pas signaler ma présence. Il a haussé les épaules, jugeant inutile ma réflexion. Je me suis assis, sous la lampe. Il a redit quelque chose comme : c'est bien la dernière fois. Il a ajouté, promets-moi, mon ami, d'aller consulter ensuite. Encore une sonnerie. Ça a décroché. Voix de Remedios : Allô... ! Walden s'est présenté. Ma femme, sans attendre, a demandé quel était le problème ? Le président a répondu : Il n'y a aucun problème, et je me suis agité sur mon siège. Alors, comme pour me donner satisfaction, Walden lui a demandé si elle avait eu de nouveaux ennuis avec son mari. Là, j'en ai voulu à Walden. C'était trop facile. Remedios a répondu que non, justement, pas en ce moment, aucun ennui, Jean est de bonne humeur, ça va beaucoup mieux, je te remercie, Xavier. Et Walden m'a regardé. Je lui ai fait signe de continuer. Il a déclaré, concernant le placement en règlement judiciaire, qu'il avait accéléré les choses. Elle l'a remercié de nouveau. Puis, d'un ton naturel, il lui a dit : Ne te vexe pas, Remedios, mais je crois que ton mari nourrit des soupçons sur tes relations à l'extérieur du foyer, et je crois que ça le perturbe. Walden m'a fait signe de redoubler d'attention. Ce fut le silence, quelques secondes, puis : Ce n'est pas très grave, a répondu Remedios. Elle en avait vu d'autres avec son mari, et j'ai trouvé qu'elle s'en sortait très bien. Il soupçonne, a repris Walden, un éventuel rapport adultère, éventuellement avec ma personne, je te le dis comme je le perçois, pardonne-moi d'être aussi direct.

Et Remedios a présenté ses excuses en mon nom. Elle a dit qu'elle en parlerait à son mari, car il dépassait les bornes, je suis terriblement confuse.

Walden a poursuivi : … Dire à ton mari que nous en avons parlé, c'est le seul moyen de lui faire comprendre la situation, c'est pourquoi je me suis permis. Elle a annoncé qu'elle avait un autre problème pour l'instant, et ça m'a provoqué un haut-le-cœur. Elle a demandé si Walden avait toujours l'intention de conserver le poste d'Ousmane – j'ai tendu l'oreille, piqué au vif –, et Walden a répondu : Je dois encore étudier la situation, en expirant un jet de fumée, et en écrasant sa cigarette. Elle a jugé que le veilleur de nuit le méritait. Tu parles bien d'Ousmane ? a demandé Walden, par acquit de conscience. Elle a attendu un instant : Oui, tu as dû consulter son dossier. Le président a répondu qu'il n'était pas allé jusque-là, mais qu'il le ferait, il prendrait en compte cette information. Sinon, rien d'autre… ? Remedios lui a dit toute sa gratitude. Walden a raccroché.

Alors, satisfait, Jean ? Tout est en ordre ? Je ne vois pas ce que je peux faire de plus pour te rassurer. J'ai répondu que Remedios avait une appréciation toute personnelle de mon veilleur de nuit. Ce qui n'était pas mon cas. Une remarque : En vérité, concernant Ousmane, j'avais un point de vue différent sur sa personne. J'ai dit : Malgré mon manque de confiance à son égard, je souhaite, car il a deux enfants et une épouse courageuse, qu'il conserve aussi le poste. Walden m'a répondu, il étudierait la question, mais aussi, il ne voyait pas en quoi c'était important. Il a reçu un appel. J'ai attendu. Il a raccroché, il m'a dit : C'est ta femme, elle est particulièrement inquiète. Pourquoi elle te téléphone, si elle est inquiète ? Elle m'informe avoir reçu un appel de votre employé, Ousmane, justement. Sa femme, Amina, aurait reçu ta visite il y a peu de temps, ça se serait mal passé. Remedios demande si je t'ai vu ce matin ? J'ai répondu, non, on ne s'est pas vus. Et maintenant, mon cher ami, a-t-il terminé l'entretien, je souhaite que tu te rendes directement à la maison, et que tu parles avec Remedios, ça vous fera le plus grand bien à tous les deux.

13

Mon portable a sonné. Je quittais le Clem's Bar. C'était mon veilleur de nuit. Que se passe-t-il, Ousmane ? J'ai du mal à suivre, monsieur Seghers, Amina me dit que vous êtes venu nous voir, j'étais au parc, ma femme n'a rien compris, elle se demande ce que vous êtes venu faire chez nous. Elle s'est sentie menacée.

Rien du tout, Ousmane, je me suis contenté d'une visite de politesse, j'en ai profité pour lui remettre ton dossier destiné à l'Inspection du travail, ta femme ne te l'a pas dit… ? Je te rassure, il n'y a eu aucune menace. Tu étais absent, donc je suis reparti. La seule chose que je peux te dire, c'est qu'Amina m'a retenu, elle m'a posé des questions concernant l'indemnité de licenciement. J'ai même failli lui annoncer la bonne nouvelle, il y a de grandes chances que ton poste ne soit pas menacé, cela, elle ne te l'a peut-être pas raconté ? Non, vous vous trompez, monsieur Seghers, nous n'avons pas discuté de mon poste, je vous l'ai déjà expliqué mille fois, c'est la question de mon indemnité de licenciement, vous me l'avez versée, mais elle est encore incomplète, c'est important, vous le savez bien, et ça préoccupe Amina.

Je suis d'accord avec toi, Ousmane, mais l'entreprise a déposé le bilan, on est en redressement judiciaire, je ne vais pas te faire un dessin. Je te le signale quand même, au cas où tu ne le saurais pas, trois mois de salaire, c'est beaucoup. Oui, monsieur Seghers… mais… Je l'ai interrompu : Ma femme t'en a touché un mot ? Ousmane a répondu que, bien entendu, madame Remedios ne lui en avait jamais parlé.

14

Le dimanche, en pleins préparatifs du barbecue, j'ai demandé à Remedios de téléphoner à Ousmane, de les inviter, lui et Amina, avec leurs deux enfants. Ce serait quand même idiot de ne pas fêter notre dernier jour ensemble, non ? tu ne crois pas, Remedios ?

Elle s'est empressée de l'appeler, et nous avons vu débarquer, vers les six heures, Ousmane et sa famille. Amina portait un grand plateau de pâtisseries faites maison. Elle l'a tendu à Remedios, en la remerciant de cette invitation. Walden est venu également, accompagné par Valério, qui est resté dans la voiture, et j'ai veillé à ce qu'Ousmane n'évoque pas ma visite devant Walden. J'ai donc eu tout le temps, durant les préparatifs, d'observer ma femme, et obtenu, par quelques regards complices qu'ils ont discrètement échangé, confirmation définitive de son attachement à Ousmane.

Ce qui m'a le plus frappé, durant ce dîner au bord de la pelouse, fut leur assurance, et la simplicité de leur échange parmi tout ce monde. Walden, un verre à la main, m'a pris à part en me tirant par la manche. Le soleil se couchait. La viande commençait à griller. Il m'a rappelé ma visite. Il espérait que, cette fois, j'en avais terminé avec mes idées noires. Pour ne rien me cacher, il m'a annoncé avoir touché un mot à Remedios de notre échange autour de la table de jeu, et, si je le désirais, nous pourrions en discuter tous les trois. Concernant Ousmane, il n'avait rien oublié de ce que j'avais dit, il l'avait observé et étudié ses réactions durant l'apéritif, en prenant garde de ne manquer aucun de ses gestes. Walden est sorti un instant, puis il est revenu avec Valério qui s'est installé à l'extrémité de la table.

Amina n'a pas mis longtemps à m'interpeller. Dès l'apéritif, elle m'a demandé, devant Walden, si j'avais des éclaircissements à apporter au sujet de ma visite et de mon inqualifiable conduite. J'ai émis une vague réponse, simulant celui qui n'est pas concerné. J'ai dit à Walden, le prenant à témoin, qu'Amina, d'après ce que j'avais compris, mais de très loin, s'inquiétait de la perte d'emploi de son mari. Apparemment, elle souhaitait qu'Ousmane reçoive l'intégralité de son indemnité. C'était légitime de sa part, je l'ai précisé, mais de temps en temps, ai-je ajouté, il faut aussi savoir rendre service, se comprendre. J'ai fait remarquer à Amina, retenant Walden du regard, haussant le ton pour être entendu par Ousmane, qu'il fallait de temps en temps savoir où se situe le bon côté des choses, ce qui n'a pas échappé à mon veilleur de nuit, qui discutait, comme souvent, avec ma mère, et, désormais, avec Salazare. Alors, Ousmane m'a interpellé en me demandant : De quoi parlez-vous, monsieur Seghers ? ça signifie quoi, le bon côté des choses ? J'ai d'abord, éludant la question, remercié Amina pour ses excellents gâteaux, c'était très délicat de sa part, elle était, selon moi, une pâtissière accomplie. Walden a applaudi tout en la félicitant. Je suis d'accord avec Jean ! sur ce plan, vous êtes imbattable, Amina.

Cette fois, je parvenais à la conviction que tout se déroulait dans l'ordre souhaité par moi dès le début du repas. J'ai pris la parole pour un petit discours portant sur le rachat de l'entreprise. Personne n'y perdait. Cela, particulièrement, nous le devions à Walden, notre bienfaiteur, à qui j'ai demandé que nous portions un toast, Salazare aussi peut boire un verre, et j'ai aperçu le président du tribunal de commerce faire un pas de côté pour éviter en vain la conjonction des regards sur sa personne. Il m'a remercié pour ce beau compliment et Ousmane, que je venais d'ignorer, a dit (je m'y attendais, je le souhaitais) qu'il y avait un élément manquant dans ce beau paysage en forme de puzzle, cet élément manquant c'était une pièce qui avait pour nom indemnité de licenciement. Un jour, m'a-t-il averti, sur un ton menaçant, si ça continuait comme ça, j'aurais de ses nouvelles. J'ai annoncé alors que son poste serait peut-être renouvelé lors de la reprise, car nous n'allions pas le laisser dans le besoin. Ousmane – quelle opportunité à saisir – pourrait poursuivre sans problème son travail de veilleur de nuit, n'est-ce pas, monsieur Walden ? J'ai activé les braises du barbecue, déposé de nouvelles pièces de viande, et Remedios est venue nouer un tablier autour de ma taille, à quoi s'est ajoutée une bise rapide dans le creux de mon oreille.

15

Le soir même, ma mère est repartie avec Salazare. Remedios m'a annoncé qu'elle rejoignait ses amies dans un bar du centre-ville, et Walden a pris congé à son tour, avec Valério. Amina a fait monter ses enfants à l'arrière de la voiture, Ousmane, déjà au volant, déclarant qu'il avait besoin de se détendre. Il partait courir, son itinéraire habituel, a-t-il précisé à ma demande, une grande boucle dans le parc au nord de la ville, par les sentiers balisés, ensuite le passage de la rivière, l'arrêt de tramway, et le golf, puis revenir en direction du parc.

J'ai fermé le garage et patienté une bonne heure devant la porte, en terminant les gâteaux aux amandes confectionnés par Amina, couverts de sucre glace. Remedios n'est pas rentrée. J'ai conçu qu'ils se rejoignaient, Ousmane et elle, quelque part sur le trajet, à l'un des deux endroits indiqués par Amina lors de ma visite. J'ai donc pris ma voiture, et je me suis posté à la sortie du parc. Ousmane est passé devant moi, en tenue de jogging, sans m'apercevoir. Il a obliqué sur le côté, par un chemin de parcours santé au bord de la nationale, non loin du terrain de golf. J'ai roulé durant un petit quart d'heure avant d'apercevoir la voiture de Remedios devant le Country Club. Ousmane s'est arrêté à sa hauteur, selon un scénario qui m'a paru habituel. Ils se sont embrassés. J'ai quitté les lieux.

Parvenu à la station, j'ai téléphoné à mon mécanicien pour lui demander de revenir, un problème technique, avec un outil, même à cette heure-ci, c'est urgent. Ousmane a hésité à me répondre, mais j'avais besoin de sa présence. J'ai ajouté que j'avais l'argent. Il a répondu qu'il arrivait, le temps de se changer et de traverser la ville. J'ai ouvert le garage, fermé à clé la porte qui séparait l'atelier du bar. Ensuite, j'ai débloqué le vasistas placé sous les poutrelles de la charpente métallique, pour obtenir un courant d'air, et j'ai pris un bidon d'huile moteur. J'ai aspergé les murs, le sol en béton, rempli un seau d'essence que j'ai déversé aux trois quarts le long de la fosse à vidange, parmi les outils. Sans perdre de temps, j'ai transvasé le reste du carburant dans une bouteille, avant de nouer un chiffon, lui-même imbibé, sur le goulot. Je l'ai dissimulée entre des tonneaux métalliques, à côté de la porte du garage.

Ousmane est arrivé, le front en sueur, essoufflé : Alors, cette panne, monsieur Seghers… ? racontez-moi, on ne voit pas grand-chose, mais on va vous réparer ça. Je lui ai ordonné d'entrer dans le garage : Un problème avec le poste de soudure, ai-je lancé. Mon mécanicien a pénétré dans l'atelier, il s'est accroupi devant le poste. Rien de spécial, peut-être un problème de branchement, a-t-il observé. Il s'est remis d'aplomb, en ôtant sa casquette à visière pour se gratter la nuque. J'ai tiré à moi la porte basculante du garage, en me ménageant un passage. Ousmane m'a fait remarquer que ça sentait l'essence, il trouvait ça bizarre. Le mécanicien s'est mis à fureter parmi les outils. Pour un peu… a-t-il dit en me regardant, laissant sa phrase en suspens. Je lui ai ordonné de brancher le poste, ce qu'il avait l'intention de faire en se rendant devant l'armoire électrique, au fond de l'atelier, le temps pour moi de sortir, porte du garage entrouverte. J'ai tiré le briquet de ma poche, plongé la main entre les deux tonneaux métalliques, et mis le feu au bouchon imbibé de la bouteille incendiaire. Le grincement de l'armoire électrique, ouverte par Ousmane, m'est encore parvenu, suivi d'une exclamation : Je ne vois rien d'anormal, monsieur Seghers !

J'ai pris mon élan, lancé la bouteille au milieu de l'atelier. Elle a explosé contre le mur de briques, dans une gerbe de flammes. Le feu a traversé la couverture de zinc. Je me suis placé en retrait. Une première explosion a soulevé la porte du garage. Les vitres ont suivi. Éclat par éclat. Ma chemise flottait encore sous l'effet du souffle. Je suis resté quelques secondes, le plus longtemps possible, face au brasier, peut-être une minute, ou davantage. Enfin, j'ai décroché le téléphone pour composer le numéro des secours.

16

Walden est arrivé en milieu de matinée. Sorti de sa voiture, il s'est planté, mains sur les hanches, contemplant les dégâts, face au garage en ruine. Le feu couvait toujours, laissant çà et là des zones incandescentes. Ne subsistait rien du bâtiment, sinon le squelette métallique de la charpente et les murs de séparation. Une lance à incendie continuait d'arroser, à faible volume, le foyer, en cas de reprise du feu. Le président du tribunal s'est passé la main sur le front, en signe d'impuissance, respirant par saccades. Il ne m'a pas posé de question. Il savait pour Ousmane. De toute évidence, on l'avait mis au courant, mais il n'en parlait pas. Je me suis tu, moi aussi.

Enfin, Walden s'est adressé à moi : il avait besoin de comprendre. Il m'a fait part, d'un ton grave, de sa solidarité, je pouvais compter sur sa connaissance des dossiers administratifs, et sur son aide. Je l'ai remercié. Progressant le long des décombres, il a demandé à un gendarme en uniforme, présent sur les lieux, si c'était un incendie volontaire.

Le gendarme s'est d'abord présenté : adjudant Bozonet, brigade des Essarts, suivi d'une esquisse de salut militaire. Il a déclaré que le feu avait pris vers quelque chose comme dix, onze heures la veille au soir, ce fut très court, mais violent. Je n'ai pas d'autre information pour l'instant. Il a poursuivi, à mon intention, cette fois : Dites-moi si je me trompe, monsieur… le patron, ici, c'est bien vous ? J'ai répondu par l'affirmative. Cela n'avait pas grande importance, vu l'état du garage. Et je suis reparti côté véhicules de secours, traçant une boucle jusqu'à l'atelier, et retour, sans trop savoir exactement où je me rendais.

Le gendarme m'avait aperçu, dès son arrivée : selon lui, je vaquais, à ce moment-là, d'un endroit à l'autre de la station-service, autour des ruines calcinées, les mains dans les poches. Apparemment, je ne m'étais pas encore remis du choc que constituait, toujours selon ses observations, la sortie du corps. Resté à portée de voix, j'ai demandé où était ma femme, s'il n'aurait pas noté sa présence. L'adjudant a rappelé m'avoir posé la même question dès son arrivée, mais je n'avais pas répondu, manifestement ça n'allait pas très fort. Il a mentionné que ma femme était certainement cette personne, aperçue il y avait peu de temps, assise sur une chaise au bord de la pelouse. Walden, qui semblait reprendre ses esprits, a redemandé si c'était un incendie volontaire… ? Le gendarme a ouvert son carnet de notes et l'a consulté avant de le ranger dans sa poche pectorale : On n'en sait rien, et c'est top secret. Il n'a pas manqué de rappeler à Walden que la zone était interdite, indiquant, le long du garage, le ruban rouge et blanc fixé aux balises de la gendarmerie.

Puis il s'est tourné vers moi : j'étais certainement le seul à pouvoir répondre à cette importante question. Je n'en sais rien, ai-je haussé les épaules. Volontaire ou involontaire, le résultat était là. Je me suis rappelé l'incendie, dix ans auparavant, un mois après notre installation. Au même endroit. Aujourd'hui, ai-je fait la remarque, je ne sais que dire.

Walden a demandé ensuite s'il y avait d'autres corps que celui d'Ousmane à l'intérieur. L'adjudant jouait avec le ressort de son stylo à bille dans le creux de sa main. Il a soupiré : Un seul corps, monsieur. On attend la venue de mes collègues de la cellule d'investigation, on ne touche à rien. J'ai tenu à dire, cependant, que je ne pouvais croire à un acte volontaire. Le gendarme m'a repris : les incendies dans le coin, ça n'avait rien d'exceptionnel, alors tout était possible. Le mieux, c'est d'attendre les résultats de l'enquête. Même si, de toute évidence, l'affaire lui paraissait simple, d'ailleurs, il envisageait comme probable de la tirer rapidement au clair.

Il évoluait le long des cendres, désignant au passage, d'un geste désabusé, une paroi affaissée du garage. Il est revenu vers moi, suggérant, sans y mettre les formes, cela m'a surpris, que je pourrais peut-être me laver, je ne sais pas, prendre une douche, ce serait mieux pour tout le monde, vous avez vu votre état ? Pour un peu, on pourrait croire que vous étiez, vous aussi, à l'intérieur de l'atelier, votre pantalon est couvert de suie, regardez la manche de chemise, elle est déchirée, vous ne vous en êtes pas encore aperçu ? Vous avez été en contact avec le feu, monsieur, il faut en parler au capitaine des pompiers, près de la motopompe, là-bas, l'homme qui vient d'ôter son casque argenté, qui discute avec les deux sentinelles. Il vous donnera des conseils et ça vous rassurera. Aussi, a-t-il poursuivi, insistant, j'étais méconnaissable, je ne sais si vous vous en rendez compte, mon pauvre ami, mais vous êtes blanc comme un linge.

Walden lui a donné raison. Le président du tribunal contemplait, les yeux dans le vague, l'enseigne de plastique fondu, portant le logo, encore lisible, d'une marque de lubrifiant. Mais, je le savais, c'est Ousmane qui occupait son regard, et la femme d'Ousmane, et les enfants. Bon, l'essentiel, a-t-il concédé brutalement, évitant la grande flaque d'eau boueuse devant le parking, traversée par les tuyaux d'incendie, c'est qu'on n'ait à déplorer aucune autre victime. Puis il a soupiré, mains dans les poches, qu'il ne connaissait pas personnellement mon veilleur de nuit, mais il en avait souvent entendu parler.

L'adjudant nous a rejoints. Il est resté concentré. Son regard, interrogatif, a circulé parmi les cendres, s'est arrêté à ma hauteur : Nous aurons une discussion, vous et moi, a-t-il annoncé, avant de rejoindre sa camionnette, et je l'ai suivi, car sa réflexion m'intriguait. Il a rangé son stylo à bille dans une serviette en cuir posée sur le siège. Il a repris, à mon intention : Je crois que vous devriez voir un médecin. Puis il a ressorti de sa poche son carnet noir, le laissant ouvert sur la serviette. J'ai observé son croquis des lieux, l'appartement, le bureau, noté aussi la boutique à accessoires, le bar, le garage et ses ateliers.

Ils se sont remis à échanger. La discussion entre le gendarme et Walden n'en finissant pas, j'ai pris le temps de détailler, sur une page du carnet, le croquis au stylo à bille, chargé d'annotations d'une écriture régulière et appliquée : quelques lettres majuscules en caractères d'imprimerie, des numéros, et puis d'autres pages, soulevées incidemment par un courant d'air agitant des particules de suie. J'ai repris mon examen attentif du carnet : le schéma représentant les ouvertures, portes et fenêtres, les emplacements des meubles, la mention des lieux, le croquis allant jusqu'à préciser le dessin des pierres de taille habillant le linteau de la porte du bar. Alors, je me suis senti observé.

Le gendarme s'est retourné, il jetait maintenant un énième regard circonspect sur le paysage dévasté de la station. Il en est venu ensuite à notre vie de couple. Mais ça ne m'intéressait pas de répondre. C'est à Remedios que je voulais parler. Je l'ai dit. L'adjudant Bozonet a mentionné, non sans froideur, que Remedios n'était plus là. Votre femme s'est rendue chez une amie, m'a-t-il confié en se rapprochant davantage. D'après ses dires, il était impossible à Remedios de rester ici une minute de plus.

J'ai quitté l'adjudant, suis entré dans le bar, épargné par l'incendie, puis dans le bureau, constatant la paroi vitrée, restée intacte, mais noircie, la boutique, les accessoires dégradés en partie par le jet des lances à incendie. J'ai décroché le portrait de Remedios, couvert d'un voile de suie grise. Derrière moi, le soupir de Walden, qui ne m'avait pas quitté d'une semelle, et cette interrogation, de sa voix rauque : Comment a-t-il fait son compte ? J'aurais aimé savoir qui était ce « il » dont il parlait, car, à part moi et Ousmane lui-même, qui serait, selon mes calculs, accusé d'avoir commis cet incendie, je ne voyais personne d'autre.

17

Plus tard, le capitaine des pompiers, sa veste de cuir serrée à la taille, s'est entretenu avec Walden. Je me suis approché. Le capitaine a remarqué des choses, m'a révélé Walden. Ah oui ? ai-je réagi, lesquelles ? Il dit que contrairement à ce que raconte le gendarme, ce n'est pas si fréquent, ce genre d'affaire.

Nous étions en fin de journée. Des fumerolles éparses s'échappaient des amas de cendres. À pas mesurés, laissant tinter son mousqueton contre la boucle en métal de sa ceinture, le capitaine tentait une première approche des dégâts. Ses bottes à semelles isolantes produisaient, en les écrasant, ces craquements des matières carbonisées à l'extérieur du périmètre délimité par l'adjudant. Le gendarme a enfin pris congé de Walden, déclarant qu'il en avait assez pour aujourd'hui.

Mais une voix féminine s'est fait entendre : Attendez, s'il vous plaît, tout n'est pas fini. Le gendarme s'est retourné. J'ai aperçu une jeune femme sous l'ombre de l'auvent. Je n'avais pas, jusqu'alors, remarqué sa présence. Elle s'est avancée. Une petite minute, messieurs, nous n'allons pas nous quitter comme ça. J'ai hésité à lui demander qui elle était, et je m'en suis remis au gendarme.

La femme m'a regardé de loin, elle a dit, c'est un incendie criminel. Apparemment, elle connaissait Walden, mais c'est à moi qu'elle s'est adressée : Vous êtes le propriétaire... ? Vous pouvez le confirmer... ? J'ai hoché la tête... Seghers ? c'est bien cela, Jean Seghers ? Elle s'est approchée, déclarant au gendarme qu'elle passerait chercher son compte rendu d'enquête le lendemain. Vous avez bien une police d'assurance, monsieur Seghers ? Je l'ai invitée, hochant la tête, à m'accompagner jusqu'au bar. Pour toute réponse, elle m'a tendu sa carte de visite. J'ai retenu d'abord le prénom et le nom : B. Hunter, pour Brigitte Hunter, a-t-elle précisé sans me quitter du regard. J'ai lu la suite : Expertise en assurances. Elle m'a entraîné à l'opposé, vers le garage, du moins ce qu'il en reste, a-t-elle ironisé, se déplaçant en bordure des cendres. Elle portait des chaussures basses, vernies, alors je lui ai recommandé de faire attention : C'est des produits pétroliers, des matières visqueuses. Très difficile, vous pouvez me croire, de s'en débarrasser. Elle m'a demandé ce que c'était précisément comme produits, selon moi. J'ai répondu : des restes d'huile de moteur, des hydrocarbures, des lubrifiants, c'est tout ce que je peux vous dire.

Parvenue dans le bar, Brigitte Hunter m'a proposé de reporter notre entretien au jour suivant, j'avais l'air fatigué. Mais en attendant, si vous y tenez, on peut discuter, ici, ce sera de toute façon plus confortable qu'à la gendarmerie. Elle a joué un instant encore avec sa carte de visite, qu'elle a négligemment abandonnée sur le comptoir. J'ai pensé que le mieux serait d'aller à l'essentiel. Aussi j'ai supposé qu'en tant qu'experte, elle serait peut-être plus difficile à convaincre que le gendarme qui, lui, si j'avais bien compris, avait déjà l'intention de clore le dossier d'enquête. J'ai donc annoncé que j'avais déjà brûlé une fois, il y a dix ans, ai-je précisé. Elle s'est déclarée au courant, car elle avait eu toute la journée pour consulter mon dossier d'assurances.

Mais avant tout, elle m'a demandé de récapituler ma journée de la veille. J'ai signalé que j'en parlerais avec le gendarme, il avait déjà pris des notes. Elle ne travaillait pas avec les gendarmes, mais pour la compagnie d'assurances, en free-lance, a-t-elle précisé. Sur ce point, elle était curieuse de prendre connaissance du dossier déposé à la gendarmerie. Mais, autre chose, cher monsieur : nous allons avoir quelques discussions tous les deux, a-t-elle déclaré, en écho à la parole de l'adjudant. Il y a dix ans, vous avez brûlé, ça ne vous a pas servi de leçon ? Vous auriez pu prendre vos précautions, non… ?

J'ai expliqué qu'il y a dix ans, je possédais, placé dans l'atelier, un poêle à mazout en mauvais état, et par économie, je brûlais des huiles usées. Un jour, les huiles se sont enflammées. Hunter a acquiescé, elle a pris des notes. C'était pire que le gendarme, elle écrivait sans arrêt sur son calepin. De nouveau à l'extérieur, devant le garage, cette fois, petit carnet de poche remisé dans son sac à main, elle a marché sur des éclats de verre noircis. Je lui ai indiqué le secteur balisé, interdit par l'adjudant Bozonet, mais, jugeant ma remarque inutile, elle a redit qu'elle était habituée à travailler avec les gendarmes. Elle m'a alors reprécisé par quelle compagnie d'assurances elle était envoyée : J'étais dans le coin, j'ai appelé le secrétariat après avoir reçu l'information d'un incendie dans une station-service proche. Je ne savais pas encore qu'on avait retrouvé un corps carbonisé.

Hunter m'a défini son programme d'expertise. Pour commencer, elle allait rencontrer une par une chaque personne concernée par cet incendie. N'allez pas trop vite, ai-je répondu, je suis seul concerné. Alors, vous étiez l'unique occupant des lieux, ici, dans le garage, hier soir, après le barbecue ? Ça m'a surpris qu'elle soit déjà au courant. Vous avez vu ma femme ? Oui, nous avons fait connaissance, tout à l'heure, vous parliez avec le gendarme, elle m'a accueilli dans votre cuisine, c'est charmant chez vous. Et qui d'autre avez-vous vu ? Seulement votre femme. J'ai donc précisé que Remedios était en ville, certainement au Clem's Bar, avec Walden, à l'heure de l'incendie. D'ailleurs, ai-je ajouté, avec qui d'autre aurait-elle pu être ? L'experte en assurances n'a pas retenu cette dernière réflexion. Par contre, elle m'a considéré, attentivement : ... Mais vous, où étiez-vous ? personne ne vous a vu. Je suis resté ici, le temps de me débarrasser du ménage. Mais vous n'êtes pas sorti avec votre femme ? Remedios avait besoin de se détendre, et moi, j'ai préféré rester, lui ai-je répondu. Je peux même vous certifier qu'elle a rejoint ses amies, le président Walden est certainement au courant, plus que moi, vous pouvez l'interroger.

Hunter a réfléchi, en silence, puis : Je dois vous dire que je ne comprends pas, parce que, si j'en crois mes premières constatations, il y a un léger problème. Ah oui, lequel ? Je suis en train de m'interroger sur les causes de l'incendie. Vous n'avez plus, comme il y a dix ans, d'appareil de chauffage défectueux. Dans votre déclaration de sinistre à ce moment-là, vous aviez noté : thermostat en panne, révisé le mois précédent, et brûleur hors d'usage. Elle a regardé autour d'elle, un peu empruntée, et puis, a-t-elle ajouté, sans que je m'y attende, passant d'un sujet à l'autre : Vous me permettrez de changer de chaussures... ma voiture est juste à côté ?

J'ai patienté un instant. Hunter est revenue, en chaussures montantes, et sous-gants de coton blanc. Manifestement plus à l'aise. Venez avec moi, Seghers, vous permettez que je vous appelle Seghers... ? J'ai répondu, pas de problème, et je suis resté au bord des cendres. Ensuite, j'ai prétexté que je n'étais pas équipé pour la rejoindre. Mais venez donc ! vous ne risquez rien, passez par-là, m'a-t-elle indiqué un passage parmi les matières calcinées, hors du secteur des gendarmes.

Donc, vous étiez seul quand l'incendie s'est déclaré ? Oui j'étais seul, dans la cuisine, je faisais le ménage et la vaisselle du barbecue, nous avions eu du monde. Ma femme était partie avec Walden, le président du tribunal de commerce, comme je vous l'ai déjà dit. Personne d'autre ? Non, madame, personne. Ma mère avait aussi pris congé, elle habite de l'autre côté de la ville. Je sais, je l'ai eue au téléphone. Vous avez donc interrogé tout le monde ? Oui, Seghers, tout le monde, et je me pose encore une question. Attendez une minute... Elle s'est configuré mentalement, ensuite par gestes, la disposition du garage, désignant chaque partie de l'atelier à voix haute. La porte est bien ici, n'est-ce pas ? Et ce mur de briques, là, juste en face, s'est-elle avisée après avoir gagné le pont élévateur, c'est le mur de séparation, et là, c'est le poste de soudure, je présume ? Oui, madame, ai-je acquiescé. Vous pouvez m'appeler Hunter, ce sera plus simple.

Attardant, au fil de ses questions, mon regard sur sa personne, je me suis rendu compte que l'experte en assurances portait des lunettes à filtre plastique jaune, qu'elle a ôtées, en tirant sur la courroie. Ce qui m'intéresse, a-t-elle dit, se déplaçant vers le fond du garage, une branche des lunettes entre les lèvres, c'est le départ du feu. Et j'ai posé la question : La compagnie d'assurances tient-elle à tout savoir ?

Alors, elle s'est arrêtée : dans un incendie, pour nous autres professionnels, les statistiques, c'est cinq pour cent. Vous savez ce que ça veut dire ? Je l'ignorais. Eh bien, quatre-vingt-quinze fois sur cent, les incendies sont accidentels. Le reste, les cinq pour cent, c'est criminel. Vous voyez que c'est très rare. Et, là, pour l'instant, je suis certaine que c'est criminel, mais je ne vois rien de particulier. Alors je cherche. Vous deviez être racheté ? c'est Walden qui va reprendre en principe, n'est-ce pas, Seghers ? Oui, mais pourquoi vous me posez toutes ces questions, puisque vous savez tout ?

Hunter a ignoré ma remarque. J'ai deux hypothèses, liées à la prime d'assurances, elles s'opposent, c'est pour cette raison que je suis dans le doute :

La première hypothèse est la suivante : la station-service ne vaut rien. Dans ce cas, la compagnie ne risque pas de vous rembourser grand-chose, ce qui signifie, à mon sens, que, c'est évident, vous n'allez pas vous enrichir. Que je vous tienne au courant à ce propos et à titre de remarque : le montant du remboursement dépendra de mon rapport, puisque, comme je vous l'ai annoncé, on se base sur mes conclusions. Tout cela pour vous dire que, si la question se posait d'une déclaration de sinistre mensongère, je ne verrais pas l'intérêt que vous pourriez avoir eu à mettre le feu. Ça ne vous rapporterait rien, ou si peu. D'ailleurs, la compagnie d'assurances n'hésiterait pas, en cas de fraude, à porter plainte contre vous dans le seul but de récupérer des dommages et intérêts. On attend mon expertise…

Silence de ma part…

Seconde hypothèse : d'un autre côté, la station-service représente un certain capital. Dans ce cas-là, nous pouvons considérer ceci : vous en avez de la chance, Seghers ! Quel heureux hasard, ça flambe la veille de la vente ! La prime, si minuscule soit-elle, ça permet de repartir. Quant à votre président du tribunal de commerce, Walden, ce n'est vraiment pas son jour. Je crois savoir qu'il nourrissait de grosses ambitions avec ce rachat appuyé par un fonds de pension. Le produit des énergies fossiles, les postes à essence, par exemple, à long terme, on en verra de moins en moins, mais en ville, on a beau prôner le développement durable, c'est d'un très bon rapport. Walden, lui, il dit : le pétrole, c'est inépuisable. À cela, vous ajoutez un débit de boissons automatique, et, peut-être, un service de restauration rapide, à la place de votre bar. J'ai étudié le dossier, une station de lavage, tout équipée, de nos jours, ça vaut de l'or. J'en ai parlé avec votre femme, qui pourrait être intéressée, pourquoi pas… ?

Qu'avez-vous pensé de ma femme ? ai-je demandé à Hunter, et ça l'a surprise, mais elle m'a répondu : Vous voulez savoir ce que je pense de Remedios Quintas ? Écoutez, Hunter, ai-je repris, vous êtes enquêtrice, je me dois de vous parler franchement : … voilà, je nourris des soupçons sur une liaison probable de ma femme avec Walden, l'ai-je lancée sur une fausse piste. Vous ne m'étonnez pas, Seghers, les histoires d'incendie, c'est plus compliqué qu'on ne l'imagine, c'est dans la tête des gens que ça se passe, parfois, suffit d'un détail pour provoquer l'étincelle.

Elle s'est tue, poursuivant son inspection des débris. Puis, après un certain temps : … Vous me posez la question de votre femme, et vous me dites qu'elle entretient une liaison extra-conjugale, du moins, vous n'en êtes pas absolument certain. Pour ce qui me concerne, a priori, je n'ai pas envie de le savoir, ça ne me regarde pas, mais j'en déduis, vous m'y incitez, que vous n'avez pas confiance en elle, ni en Walden, que vous connaissez bien pourtant, et qui vous connaît bien ? je crois d'ailleurs qu'il vous estime.

C'est-à-dire, Hunter, que j'ai des doutes, je crois même une chose : m'apporterait-on la preuve que Remedios n'a pas de liaison avec Walden, je refuserais de le croire. Votre femme souffre-t-elle de cet état de fait, Seghers ? Qu'est-ce que vous entendez par là ? ai-je demandé. Sa réponse fut nette : Votre femme a une très belle prestance. Et je comprends, permettez-moi, que vous soyez jaloux. J'ai baissé les yeux.

Sous mes pieds, ce tas de cendres. L'enquêtrice ne me quittait pas du regard. Elle étudiait ma réaction, je le savais. Elle a repris, obsédée par ses suppositions : Hier soir, vous étiez seul dans la cuisine. Pourquoi n'êtes-vous pas parti avec votre femme en ville, j'insiste ? D'habitude, vous vous joignez à son groupe d'amies, auquel s'ajoute en principe Xavier Walden, alors, oui, je demande : Qu'est-ce qui vous a poussé à les laisser partir sans vous ?

Je ne sais pas, je suis resté, et j'ai attendu. Voilà, c'est comme ça. Parfois, Remedios m'appelle, et je vais la chercher. Parfois elle ne m'appelle pas. Hier soir, elle ne m'a pas téléphoné. Pourriez-vous aussi me dire comment vous vous êtes rendu compte que ça brûlait ? Les premières flammes à l'extrémité de la piste. J'ai couru.

Voyez-vous, Seghers, jusqu'ici, tout va bien, mais je suis en train de me dire que, si je continue notre entretien, je vais découvrir, je ne sais pourquoi, une défaillance dans votre raisonnement.

Le silence s'est de nouveau établi. Hunter a marché à pas lents dans les décombres. J'ai pensé que, si l'enquêtrice s'interrogeait sur le montant de la prime et poursuivait son investigation, tête baissée, devant le garage, ce n'était certainement pas pour enquêter sur l'incendie d'une entreprise déclarée en faillite, placée, qui plus est, en redressement judiciaire. Non. La vérité était que tout ce qui s'échangeait dans ce garage nous conduisait vers Ousmane, comme par fatalité, le corps d'Ousmane retiré des restes de l'incendie. Aussi je m'étonnais qu'elle n'ait pas encore évoqué cette piste, et, pire que cela, pour tout dire, je m'en défiais.

Hunter m'a interrompu : Vous pensez à voix haute, Seghers ? Dommage que je n'aie pas été plus près pour vous entendre.

18

Hunter s'est attardée sur les lieux jusqu'à une heure avancée du soir, après avoir ôté puis remis ses gants à plusieurs reprises. Puis, elle a établi un périmètre, le sien, différent de celui des gendarmes. Les pompiers sont repartis, laissant un homme en faction, en cas de reprise du feu, comme me l'avait indiqué le capitaine, et j'ai servi une eau minérale en bouteille à l'enquêtrice.

Hunter était accroupie devant la fosse, à côté de l'établi. Elle recueillait des fragments carbonisés dans un sac plastique, déposés dans le casier d'une boîte contenant d'autres prélèvements.

Je vais vous faire part de ma réflexion, Seghers : je me demande pourquoi le gendarme, qui n'a pas l'air très au fait, a-t-elle précisé, a l'intention de classer l'affaire au plus vite ? La piste est criminelle, a-t-elle poursuivi, on ne se débarrasse pas comme ça d'une enquête, ni d'un cadavre. Et je me suis senti soulagé. Enfin, elle se préparait à aborder la question d'Ousmane. Je me suis tenu prêt. Mais pas au bon endroit, m'a-t-il semblé, car ce ne fut pas le cas. Vous m'écoutez, Seghers… ? J'aimerais vous montrer quelque chose.

Elle a sorti le sachet hors de la boîte à prélèvements. Ça, c'est des morceaux de verre, j'ai redessiné le plan de votre atelier, sur vos indications, j'ai comparé mon schéma avec votre dernière déclaration de sinistre, il y a dix ans. À l'époque, l'incendie était dû à votre maladresse. C'était dû aussi à la présence d'un appareil défectueux. Aujourd'hui, c'est différent, vous utilisez de l'air pulsé, et votre chaudière, qui répond aux normes de sécurité, est à sa place au fond du garage. Vous m'assurez aussi que vous n'avez pas travaillé la veille de l'incendie, alors moi je dis, c'est bizarre, je dis bizarre parce que j'ai trouvé des débris de verre, et j'imagine facilement une bouteille remplie d'essence – c'est un grand classique –, bouchée avec un chiffon imbibé. Suivez mon regard, Seghers… Le foyer de l'incendie, sur le mur de briques, c'est comme un jet, une explosion en étoile. Ça laisse des traces. Je l'ai interrompue : Je ne vois pas qui pourrait s'amuser à mettre le feu à mon atelier de réparation.

C'est à cette question que nous devons répondre, tous les deux, m'a-t-elle impliqué dans sa réflexion. Je vous le redis tout net, Seghers, depuis le début, je pense que cet incendie n'est pas accidentel. Quelqu'un aurait délibérément mis le feu, allez savoir qui. Je me base, pour justifier mon accusation, sur votre témoignage, Seghers. Vous étiez seul, car je rejette l'hypothèse que votre mère ait pu s'attarder. Nous avons longuement discuté, Dolorès et moi, je vois mal cette femme mettre le feu au garage de son fils, s'est-elle amusée. Votre mère est repartie, comme vous l'avez dit, j'ajoute, avec son nouveau compagnon, Salazare, c'est bien cela ? Tout à l'heure, je vous ai déjà expliqué ce que signifie cette expression : cinq pour cent, et maintenant je pense que nous avons quitté la zone des quatre-vingt-quinze pour cent. J'ai relevé des traces, considéré le souffle de l'explosion, tout part d'un mètre cinquante au-dessus du poste de soudure et de l'établi au pied du mur. J'ai répondu que j'étais prêt à lui fournir tous les renseignements nécessaires. Mais Hunter m'a prié de ne pas aller trop vite, et de l'écouter.

Une chose retient mon attention, et m'indispose, Seghers, a-t-elle poursuivi, fermant le couvercle de sa boîte de prélèvements : vous vous mettez entièrement à ma disposition. Je trouve cela étonnant. Ce qui me travaille, de ce point de vue, c'est que la prime d'assurances, je vous l'ai déjà dit, sera de faible rapport, je le sais par avance, et vous n'en ferez pas grand-chose, hormis payer en partie vos dettes, qui sont conséquentes. Aussi, vous vous entendez parfaitement avec Xavier Walden, malgré vos soupçons d'adultère. Le président du tribunal de commerce l'a déclaré à maintes reprises, il ne vous imagine pas en apprenti criminel. D'ailleurs, ne m'a-t-il pas appris que votre mécanicien avait usé de menaces à votre encontre, durant votre barbecue, et que vous aviez fait preuve de beaucoup de compréhension à son égard ?

J'ai laissé parler. Ce que l'enquêtrice venait de dire me convenait parfaitement.

Elle a manipulé le fermoir de sa caisse plastique, rangé dans une trousse ses ustensiles. Ensuite, elle a désigné une photo numérique sur son appareil. J'y ai reconnu, non sans mal, une partie de l'atelier : Cet endroit-là, je ne l'ai pas encore détaillé. Et je lui ai demandé : Vous allez encore rester longtemps à fouiller ce tas de cendres ? Vous voyez bien qu'il n'y a plus rien, non ? Pour toute réponse, elle m'a adressé un regard direct : Vous aimeriez me voir partir, Seghers... ? N'est-ce pas que ça vous ferait plaisir... ?

Je lui ai confié que, plusieurs fois, j'avais failli en venir aux mains avec Walden, avec Remedios aussi, oui, Hunter, avec ma femme, j'aurais préféré qu'elle soit morte. L'enquêtrice a répété qu'elle était attentive à mon propos. Mais je vous préviens, Seghers, faites attention à ce que vous dites, je crains que vos affirmations ne se retournent un jour contre vous. Puis, brusquement : Nous en reparlerons, demain.

L'enquêtrice a regagné sa voiture, sans s'attarder. Montée à bord, elle a jeté un dernier regard sur les vestiges de l'incendie. Alors, j'ai pensé que le moment était venu : Je l'ai interpellée. Elle a gardé le coude sur la portière, tourné la tête : Oui, Seghers ? Que se passe-t-il... ? J'ai quelque chose à vous dire. Ah bon... ? Un poids sur ma conscience, qui m'empêche de respirer... ça me travaille depuis le début... et je n'osais pas vous en parler. Vous pensez à quelqu'un d'autre, Seghers... ? Oui. Je pense à mon mécanicien.

19

Hunter a coupé le contact, elle est restée au volant, sans bouger, durant plusieurs minutes. Descendue de voiture, progressant à pas comptés, elle s'est entretenue longuement au téléphone, je n'ai su avec qui. Absorbée par son appel, l'experte en assurances décrivait des cercles concentriques, qui la rapprochaient du parking et du terre-plein à bordure blanche, planté de cactus, qui nous séparait de la nationale.

Elle a coupé court à son entretien, s'est approchée : Vous aviez un différend avec votre mécanicien ? Non, aucun. Du moins, rien de très grave. Je lui devais de l'argent. Attention, Seghers, vous dites, rien de très grave, mais... une dette d'argent, c'est un mobile. Vous comptiez le lui rendre quand, cet argent ? J'en ai déjà versé une partie, en cash. Le reste, je le remettrai à sa femme dès que j'aurai épongé mes dettes. En fait, Hunter, je suis en train de comprendre qu'Ousmane m'en voulait de ne pas lui régler dans sa totalité son indemnité de licenciement.

Vous rendez-vous compte, Seghers, encore une fois, de la gravité de vos paroles ? Je sais, ai-je poursuivi à voix basse, mais je voudrais vous suggérer cette éventualité qu'Ousmane se serait pris à son propre piège. Que voulez-vous dire, Seghers ? Soyez plus précis. Je suis seulement en train de supposer qu'il aurait pu mettre le feu au garage, qu'il s'y est employé, mais il se serait laissé piéger par la vitesse de propagation des flammes. Vous pensez vraiment qu'il vous en voulait à ce point ? Je suis indécis, vous savez, tout a changé depuis quelques heures. D'abord Ousmane était un garçon en qui j'avais toute confiance, qui travaillait dur, et je ne veux pas l'incriminer. Et puis, de l'autre côté, je pense qu'il m'en voulait à mort.

D'un geste tranquille, j'ai donné un coup de pied dans un bouchon de réservoir abandonné, en évitant le corps durci d'un rat couché sur le flanc, pelage cramoisi : C'est-à-dire que, ai-je repris, je pense à sa femme, Amina, à ses deux enfants, et je ne sais s'il ne se serait pas mis dans la tête de se venger. Vous oubliez une chose, Seghers, le feu provient d'une bombe incendiaire, c'est un objet très simple à fabriquer, ce n'est pas comme il y a dix ans, votre fourneau à fuel défectueux, et votre manque de considération du danger à l'époque. Ousmane n'aurait pas commis la bêtise de lancer un projectile pareil en restant à l'intérieur de l'atelier. Trop dangereux. Et puis, je vais vous dire, votre idée est respectable, mais j'ai l'intention de fouiller dans une autre direction. Je dois retourner à la gendarmerie, remporter des prélèvements.

J'aurai une discussion avec l'adjudant Bozonet. À ce propos, vous savez ce qui me scandalise ? je suppose qu'il en est de même pour vous… La gendarmerie a bien ouvert une enquête, mais elle semble avoir refermé le dossier. Pourtant, il y a bien mort d'homme, donc, demain, à la première heure, et peut-être même ce soir, je vais m'installer dans votre bureau.

Et qu'allez-vous faire, Hunter, dans mon bureau à moitié ravagé par l'eau des lances à incendie ? D'abord, je retiens votre disponibilité à me fournir des renseignements, je vais donc vous demander de collaborer, comme cela, vous serez tenu au courant des différentes phases de l'enquête. Je vais chercher dans l'emploi du temps de la victime au cours de ces deux dernières semaines, et je vais tenter de pénétrer sa personnalité. Rien de moins. Car, sans vous en rendre compte, vous venez d'orienter mon enquête dans une direction imprévue, et je vous donne raison : c'est d'abord, mais, cette fois, avec certitude, un incendie volontaire. Votre thèse concernant votre employé n'est peut-être pas soutenable, je le reconnais, mais elle est pertinente : l'incendiaire se serait emprisonné lui-même, par maladresse.

Hunter m'a paru plus détendue. Elle s'est promenée sur la piste, mains sur les hanches, enveloppant du regard le soir tombant. Nous voilà face à un incendie d'atelier. Il y a aussi un corps, celui de votre mécanicien, et l'adjudant Bozonet, je le redirai jusqu'à la fin, trouve moyen de classer le dossier. Mais, Seghers, ici, dans ce périmètre, nous avons quantité d'informations par mètre carré. Il y a là une richesse infinie d'indices propres à confondre un coupable. Il faut seulement s'armer d'un peu de patience. Ce que j'ai dit au gendarme : Vous y allez un peu fort, mon adjudant, vous n'avez donc jamais d'affaires criminelles à résoudre dans ce foutu pays ? Allez à Vesoul, à Luxeuil-les-Bains, à Gray, arrêtez-vous à Belfort, dans la juridiction voisine, vous verrez, ils ont au moins un meurtre par mois : accident de chasse, crime passionnel, règlement de compte, conflit familial, noyade d'enfant dans un ruisseau et strangulation. Tandis que moi, je passe mon temps à poursuivre de vrais ou de faux coupables, car, je vous le rappelle encore une fois : en matière d'assurance, on voit aussi de drôles de choses, vous avez des fous, ou des demeurés, capables de crime pour cinq euros.

J'ai dit mon approbation : les gendarmes prenaient la situation un peu à la légère, et je comprenais la réaction de l'enquêtrice. L'adjudant Bozonet, a-t-elle continué, m'a rappelé que je marchais sur ses plates-bandes. Je lui ai répondu que je pouvais m'en aller, moi, mon travail est fait. Vous savez, je le connais le grand blond, on s'est croisés dans nombre d'enquêtes. Son père, c'est le colonel Bozonet, directeur départemental de la sécurité publique. On dit aussi que l'adjudant s'est présenté à Saint-Cyr… il aurait échoué, ça arrive.

Observant Hunter, j'ai songé que son départ, puisqu'elle en parlait, serait un bon débarras. La présence de cette femme, le répéterai-je jamais assez, indiquait le début de mes ennuis. Cela, je l'avais prévu, bien que confusément, dès la première minute. Je pressentais déjà les questions incessantes, les remarques, les Seghers par-ci, Seghers par-là, d'autant qu'elle venait d'annoncer son installation dans le bureau, en m'adressant cette remarque que les lances à incendie des pompiers, contrairement à ce que j'avançais, avaient épargné la boutique, les classeurs, les accessoires, les archives.

20

Hunter, infatigable, installée maintenant dans mon fauteuil à accoudoirs, débarrassait déjà mes dossiers qui encombraient le bureau et les étagères. Je lui ai recommandé de faire attention à mes relevés de compte, j'avais besoin de ces papiers, voyez-vous, Hunter, ça concerne ma convocation au tribunal de commerce. Elle s'est quand même excusée, mais sans changer d'attitude... Au fait, où en étions-nous déjà, Seghers ?

Je l'ai orientée vers la culpabilité d'Ousmane, l'énonçant sous cette forme : Vous étiez en train de dire que, peut-être, oui, Ousmane se serait laissé surprendre en mettant le feu, et vous pourriez en découvrir la preuve.

Mais elle a freiné mon enthousiasme, et j'ai regretté de m'être trop avancé. Vous y allez un peu fort, Seghers ! pour l'instant, nous n'en sommes qu'aux suppositions. Calmons-nous. Vous savez, une enquête réserve des surprises... Puis, changeant complètement de sujet : Ça y est ! j'ai retrouvé le fil de notre conversation : l'incompétence de l'adjudant Bozonet.

Hunter a fouillé, fébrile, dans son calepin, et s'est arrêtée sur une page : Le gendarme, qui a relevé un seul indice intéressant, trouve le moyen ensuite de négliger cet indice. C'est assez rare, non ? Il a noté un point concernant la fermeture de la porte de l'atelier, qui ouvre sur le bar, à l'intérieur du bâtiment… Je l'ai entendu au tout début, dès mon arrivée, il en discutait avec un collègue. Qu'en dites-vous ? Je n'en dis rien du tout, Hunter. Moi, je vous pose la question parce que l'adjudant, lui, n'en a rien déduit. Pourtant, une chose m'étonne : la porte qui mène au bar, de l'intérieur, aurait pu constituer une sortie de secours, c'est même indiqué dans le schéma des consignes à observer en cas d'incendie. Ça n'a pas effleuré une seule seconde l'esprit de l'adjudant Bozonet. Par contre, le capitaine des pompiers, lui, m'a certifié vous avoir remis en personne ce document plastifié réglementaire, à fixer au mur avec les numéros d'urgence. Je vous rappelle, a-t-elle poursuivi, ce que m'a confié le capitaine des pompiers, qui s'est dit atterré, car c'est la première fois de son existence de soldat du feu qu'il relève un corps carbonisé ; il connaissait bien votre veilleur de nuit. Alors, on a regardé tous les deux, et nous avons constaté que cette porte était fermée à clé, ce qui signifie que votre Ousmane n'aurait pas veillé à se ménager une porte de sortie en cas de problème, ce qui m'incite à penser qu'il n'a pas allumé le feu, mais que, peut-être, on aurait pu le faire à sa place.

Le gendarme a négligé cette piste dès les

premières investigations, et je le rends responsable de ce retard pris dans l'enquête, c'est pourquoi je veux revenir, demain, poursuivre sur place ma réflexion. La question de l'indemnité de licenciement, je l'ai évacuée, elle revient à votre président du tribunal de commerce et à l'Inspection du travail. J'ajoute que la question de la prime, qui concerne la compagnie d'assurances, c'est évacué aussi. Ne reste que la piste criminelle.

En fait, ça va plus loin, a-t-elle poursuivi. Je lui ai demandé en quoi ça allait plus loin. Ça nous dépasse, Seghers. Dans ce genre de crimes, où fourmillent les indices matériels, à peine si l'on peut émettre quelques suppositions. Inutile, donc, que je vous pose la question de la fermeture de la porte de l'atelier, car vous allez me dire que, le dimanche soir, vous fermez tout, y compris les issues de secours, évidemment, puisque personne ne travaille, d'ailleurs vous étiez seul à ce moment-là.

Silence de plomb... J'ai repris enfin : Ce qui m'arrive est difficile à supporter. J'ai vu le corps sorti des cendres, c'est amplement suffisant. J'aimerais que l'enquête aille très vite maintenant, qu'on en finisse. Elle m'a contemplé, bras croisés. J'ai observé qu'elle portait, sous sa veste de tailleur, révélant sa silhouette soignée, un chemisier élégant, d'un beau rose pâle, avec des liserés carmin aux pointes arrondies du col. J'ai noté la couleur de ses yeux, remarquant, cette fois, qu'ils étaient d'un bleu très intense, presque violet, selon l'orientation du visage à la lumière du soir tombant.

J'y ai lu son intention de ne rien laisser passer, et je me suis proposé à rester sur place en attendant la fin. La fin de quoi, Seghers ? La fin de vos investigations. Ne vous inquiétez pas, une enquête de ce genre, on ne sait jamais quand ça se termine... Question d'habitude. De toute façon, la compagnie, qui n'a plus grand-chose à gagner ici – sauf déposer une plainte contre l'incendiaire –, me laisse le champ libre. C'est bien vos dossiers dans cette armoire métallique, Seghers ? M'autoriserez-vous à consulter les documents d'assurance, et tout ce que je pourrai juger utile qui concernerait Ousmane ? Ce serait aussi pour étudier vos relevés de compte, m'a-t-elle dit, installée dans le bureau, derrière la vitre zébrée de traces d'un noir intense, qui donnait sur la piste.

Remedios a réapparu. Sa silhouette, à peine mouvante, à peine visible, se découpait à travers l'écran de suie sur la paroi vitrée. Elle est entrée dans le bureau. J'ai dit qu'il était temps que nous parlions. Ma femme s'est tournée vers Hunter, qui lui a fait signe. Elles sont sorties toutes les deux. Je suis resté derrière la vitre, assis, sans bouger, avec cette crainte que, désormais, Remedios refuse définitivement de m'adresser la parole. N'avais-je pas raison ? Hunter est revenue : Remedios ne souhaitait pas me parler. Mais pourquoi m'en vouloir à ce point ? ai-je demandé à l'enquêtrice. Aurais-je commis la moindre maladresse à l'égard de ma femme ? Posez-lui la question à elle, Seghers, pas à moi. Je vous convoquerai en sa présence si nécessaire. Pour l'instant, je peux vous annoncer ceci : elle veut à tout prix savoir ce qui est arrivé à Ousmane, elle dit que ce n'est pas normal, Ousmane était un garçon équilibré. Elle dit aussi que ça la rassure de ne pas dormir ici, qu'elle n'est pas près de revenir. Savez-vous, Seghers, quelle impression vous me faites ? Celle d'un homme qui perd la partie avec sa femme. Et Ousmane, vous me dites avoir vu le corps, mais réellement, l'avez-vous regardé ? en détail ? Le capitaine des pompiers m'a rapporté que vous aviez, dès le début, détourné les yeux de la victime, aussi vous vous étiez dérobé durant le transport, du garage dévasté à l'ambulance, sans vous soucier de le reconnaître. Comme si c'était évident, selon vous, que ce soit Ousmane, et pas un rôdeur, par exemple. Pourtant, le capitaine vous a demandé de le rejoindre, d'être présent. Il m'a dit, j'aurais préféré ne pas être seul à cet instant.

J'ai tourné les talons. Elle m'a rappelé : Je vais vous dire une chose, Seghers, mais d'abord, vous poser une nouvelle question. N'en avez-vous pas déjà assez raconté ? Je comprends votre femme, et je ne donnerai pas mon avis. Je peux seulement vous dire qu'elle a réuni ses affaires personnelles, d'ailleurs elle en a très peu, et elle s'installe chez une amie. Cette amie, vous ne la verrez jamais, parce qu'elle se défie de vous. Je vous aurai prévenu, Seghers, ce n'est plus d'incendie qu'il est question maintenant.

Je me suis éloigné, direction ma voiture, le long du terre-plein planté de cactus et sa bordure blanche fraîchement repeinte par Ousmane. Allez,

Seghers, faites au moins l'effort d'écouter… ! Écoutez votre femme ! et si vous n'en êtes pas capable, posez-vous la question : qu'allez-vous faire, désormais… ? Partir d'ici, loin, très loin, ai-je répondu.

21

À mon retour de ville, la nuit n'était pas encore tombée, une voiture attendait devant les pompes à essence. J'ai déclaré au conducteur que la station était fermée. La portière s'est ouverte. C'était Salazare. J'ai ajouté en pensée : voici l'amant de ma mère. Il avait l'intention de discuter avec moi. J'ai émis un doute sur la possibilité de cet entretien, en lui rappelant que, dans le fond, je ne le connaissais que très peu, et je ne savais s'il était le bienvenu. Sans prêter attention à mon avertissement, il est entré dans la cuisine, à ma suite, et s'est installé, je n'osais le croire, pour un apéritif. J'ai aussitôt détesté Salazare. Toi, l'ai-je maudit, c'est ton genre, quand tu vas voir un ami, on t'offre automatiquement, minimum un apéritif, c'est bien cela ? Salazare n'a pas pris garde, ni au ton employé, ni à mon tutoiement. Il m'a demandé si je savais pourquoi il était là. J'ai répondu que j'avais suffisamment d'ennuis comme cela, on pourrait en parler plus tard. Finalement, et comme il insistait, j'ai tiré une bouteille du meuble de cuisine, et mis sur la table un verre à disposition. Tu ne vois vraiment pas, Jean, quel peut être le motif de ma visite ?

J'ai fait allusion à la présence de l'experte en assurances dans le bureau à peine plus loin. Se retournant, il a aperçu Hunter, toujours plongée dans ses dossiers. Visiblement, la présence de l'enquêtrice ne l'intéressait pas. Par contre, il s'est servi. Ensuite, après avoir vidé son verre : Je voudrais savoir si tu es venu à la maison l'autre lundi, disons sur le coup des seize heures ? Parce que je voudrais te prévenir : Dolorès a fait le compte de ses économies, il en manque. Je tiens à te dire que ce n'est pas très correct. Tu sais que ta mère ne te dira jamais rien. Tu as pris de mauvaises habitudes, et ça ne me regarde pas, d'ailleurs, Dolorès ignore tout de ma démarche. Mais en attendant, je suis là pour t'avertir que les choses vont changer désormais. Je sais que tu as la clé, les numéros d'urgence, et je suis d'accord, mais c'est la dernière fois, Jean, que tu commets un acte pareil. Te voilà prévenu.

Ensuite, il s'est rendu devant le garage, mains dans les poches, comme pour une tournée d'inspection, à croire qu'il se sentait chez lui. Puis il a disparu.

J'ai consulté les sites de voyage, à la recherche du prix des billets d'avion pour Palerme, chez mon cousin, et j'ai réservé un vol dans la semaine. Vraiment, ce Salazare, me suis-je agité de nouveau, de quoi se mêle-t-il ? Cet argent n'était pas le sien. Le nouveau compagnon risquait de faire de la peine à Dolorès en se mêlant de ce qui ne le regardait pas.

22

Hunter est donc restée seule jusqu'à la nuit tombante dans le bureau, où je me suis refusé à la rejoindre, malgré ma proposition de collaborer.

Elle s'est présentée le lendemain matin. Je rangeais une pile de chemises d'été dans la valise. L'enquêtrice, restée sur le seuil, s'est alertée : Ne me dites pas que vous quittez le domicile, vous aussi ? Vous partez en voyage ? J'ai répondu, sorti sur la piste, puis en direction du bar : Pas en voyage, non, prendre l'air.

J'avais besoin de me changer les idées, me suis-je justifié. J'ai alors révélé que j'avais l'intention de visiter mon cousin du côté de mon père, et elle m'a demandé si je le voyais souvent, ce cousin ? D'une voix tranquille, elle m'a signifié que j'avais intérêt à rester ici, sans compter le fait que je devais signaler tout départ aux gendarmes, qui m'interdiraient, de toute façon, la sortie du territoire. Ce n'est vraiment pas le moment de disparaître, Seghers, d'autant que j'ai encore des questions. Vous permettez… ? arrêtez-moi, si je me trompe : Vous entreteniez des relations de sympathie avec votre veilleur de nuit. Hormis le non-paiement de son indemnité, il ne s'est jamais rien passé entre vous ? J'ai répondu qu'Ousmane avait toujours travaillé ici, qu'il aurait certainement été réembauché par la nouvelle direction, et bénéficié d'un plan de reconversion s'il le désirait. Donc, vous ne comprenez pas ce qui l'aurait poussé, selon vous, à incendier le garage ? Je ne comprends pas, sinon, ai-je suggéré, ce problème d'argent. Mais vous, vous n'êtes au courant de rien concernant la vie de ce garçon ? Dès qu'il a quitté la station, vous ignorez tout de son existence ? C'est à peu près cela, oui. Dans ce cas, il serait opportun que vous laissiez tomber ce voyage chez votre cousin. Mais, rassurez-vous, Seghers, dès que j'en aurai terminé et que les gendarmes vous en auront donné l'autorisation, vous pourrez partir.

J'aurais fait n'importe quoi pour détourner Hunter de ses intentions, lui manifester une bonne fois pour toutes que sa présence me dérangeait, et j'ai prétexté un appel à mon cousin. Dans le fond, me suis-je rendu compte en m'éloignant, je n'étais pas totalement inquiet. Cette femme, toute experte qu'elle fût, ne détenait aucune preuve. Elle m'a retenu dans le bureau en me demandant si c'était sérieux, mon voyage ? si je partais sans ma femme… ? Au fait, votre femme… ?

Je n'ai su quelle était sa question. Elle s'est retournée. L'adjudant Bozonet se tenait au milieu de la piste, en chemise, car il faisait déjà chaud. J'ai aperçu, à cette occasion, trois de ses collègues de la cellule d'investigation au milieu des cendres.

Il s'est adressé à Hunter, d'un signe réservé de la main, tout en restant sur place. Et je me suis convaincu, une nouvelle fois, que la présence de l'adjudant était ma chance. Le gendarme s'est avancé : ça ne le gênait pas que l'experte fasse sa propre enquête, il était d'accord, même si, selon lui, elle n'avait pas à se mêler de ce qui ne la regardait pas. Il s'est raidi, clignant des yeux, visiblement intimidé par la décision de l'enquêtrice d'entrer dans le bureau, dont j'avais ouvert la porte, de lui tendre une chaise, et de lui parler, d'un ton péremptoire : Alors, que se passe-t-il, mon adjudant ? Il a balbutié quelques excuses, énoncé de manière un peu plus claire, mais sans masquer sa gêne, avoir été rappelé à l'ordre par son état-major et par son chef d'escadron. La question était désormais posée de la reprise de l'enquête. Mais le gendarme, visage tendu, n'avait eu vent d'aucun indice supplémentaire, et il se sentait démuni. Il a remonté machinalement ses manches, prenant garde au pli de repassage, remis son képi, et regardé, lèvres serrées, l'enquêtrice, qui lui a demandé s'il ne serait pas, cette fois, disposé à approfondir l'étude de la situation.

Alors, elle m'a prié de patienter à l'extérieur, et je suis revenu dans notre chambre, ranger mes habits, mettre de l'ordre parmi les affaires de Remedios, sorties des tiroirs, éparpillées sur les meubles, preuve que ma femme avait profité de ma très courte absence, le temps de mon échange avec Hunter, complice à n'en pas douter. Venue pour une visite éclair, elle avait quitté l'appartement à la hâte, après avoir récupéré quelques affaires, dont son nécessaire de toilette. J'ai tiré le rideau qui donnait sur la pelouse, la lumière est entrée. Les tiroirs étaient ouverts, comme suite à un cambriolage. Enfin, j'ai rangé quelques menus objets, dont des bijoux offerts il y a un certain temps. M'est revenu alors ce jour de nos fiançailles en Italie, nos promenades sur le Lido. J'ai bouclé ma valise.

Dehors, une table était disposée devant le bar. Le gendarme et Hunter avaient pris place au soleil, face aux vestiges de l'incendie. Le képi de l'adjudant reposait, avec son carnet, à côté d'un cendrier, et maintenant, ses manches de chemise étaient négligemment relevées, froissées jusqu'au coude. Aussi, m'approchant, je l'ai remarqué avoir défait un cran de son ceinturon. Il souriait, le visage détendu, jouant avec le ressort de son stylo à bille, et semblait plaisanter. Ce qui contrastait fortement avec son attitude d'il y avait à peine une heure. J'ai écouté. Leur conversation se teintait de légers rires. C'était inattendu. Apparemment, l'enquêtrice appréciait son sens de l'humour.

Je n'étais pas mécontent du tout que Bozonet divertisse Hunter, peut-être cela inciterait l'enquêtrice à lâcher prise. Quand je me suis résigné à les rejoindre, pour leur signifier que, si mes valises étaient prêtes, j'attendais cependant la suite des événements, elle m'a commandé avec naturel, et pas plus de gêne que cela, deux bières bien fraîches. Je les ai servis, tâche dévolue d'habitude à Remedios, mais il n'y avait plus de Remedios. Je les ai abandonnés à leur conversation, et me suis occupé des bagages. Une heure plus tard, l'enquêtrice est entrée dans la cuisine : J'ai quelque chose à vous montrer, venez avec moi, et nous avons pris la direction du garage. J'ai prévenu Hunter que je n'étais pas disposé à fouiller les restes de l'incendie, mais elle m'a invité, sans un mot, cette fois, à monter dans sa voiture, et nous avons roulé.

À la sortie de la ville, elle m'a demandé si je reconnaissais les lieux, j'ai rétorqué qu'il n'y avait là rien de particulier, et nous nous sommes arrêtés devant le bâtiment d'Ousmane.

23

Les enfants n'étaient pas là. Hunter m'a expliqué que les services sociaux les avaient pris en charge quelques jours. Amina était disponible et se prêterait volontiers à une confrontation, c'est juste le moment, a souligné l'enquêtrice, et j'ai dit ma réserve. Je préférais ne pas la rencontrer. Trop difficile, après l'incendie. En outre, je vous le rappelle, Hunter, cette jeune femme ne m'apprécie pas beaucoup. Mon avis était donc que je n'avais rien à faire ici.

Amina a ouvert, sans manifester la moindre surprise, avant de nous inviter à entrer, tout en me considérant avec froideur. J'en ai déduit qu'elle était informée de notre visite. Peut-être même l'espérait-elle. Hunter m'avait prévenu, la rumeur circulait qu'Ousmane aurait très bien pu incendier le garage pour se venger de son employeur, et qu'il se serait laissé prendre à son propre piège. Ce qui m'a paru des plus encourageant dans un premier temps, mais trop de doutes, s'ajoutant à tant d'incertitudes, qui venaient de surgir en présence d'Amina, me parcouraient l'esprit quant à ma présence à cet endroit.

Hunter m'a précédé dans le corridor. Sans perdre de temps, elle a demandé à Amina de répéter, devant moi, ce que celle-ci avait déclaré la veille au soir dans les locaux de la gendarmerie. Amina, m'a rapporté Hunter, s'y était, en effet, prêtée à un interrogatoire. L'enquêtrice a ajouté, martelant ses mots : interrogatoire serré et détaillé conduit par un collègue de Bozonet. Elle m'a annoncé cela en me dévisageant, comme elle savait le faire. J'ai retenu un léger frémissement. Non seulement, je ne comprenais pas ce que je faisais là, je l'ai redit, mais je n'en avais aucune envie.

Alors, soyons clairs, maintenant, Seghers : vous êtes venu voir Amina la semaine dernière. Elle déclare que vous vous êtes présenté sans vous annoncer, au moment où son mari était dans le parc avec les enfants. Vous n'aviez, a-t-elle mentionné, aucune raison précise motivant votre visite, à part cette histoire de dossier. Ensuite, elle a prétendu que c'était la première fois, jamais, auparavant, vous n'aviez frappé à sa porte. Amina n'a pas compris, mais elle nous l'a déclaré : votre venue avait suscité chez elle beaucoup d'inquiétude, à un point tel qu'elle n'a d'abord pas osé en parler à son mari. C'est pourquoi je vous interroge.

Je ne me souvenais pas des termes exacts de cette visite, c'est sans importance, ai-je déclaré, sans oublier d'ajouter que je n'avais pas pour habitude de fréquenter les jeunes femmes seules, en l'absence de leur mari. Mais… Seghers, a tiqué

Hunter, il se passe des choses bizarres, alors j'aimerais que vous soyez plus précis. Nous avons étudié les habitudes d'Ousmane, apparemment, ce qui a été retenu par Amina, c'est le fait qu'elle était seule. Je ne parle pas de visite de courtoisie, ni, à l'opposé, de mauvaise intention, je dis seulement que cette jeune personne était très inquiète quand vous êtes ressorti, car vous n'êtes pas resté plus de dix minutes, mais dix minutes suffisant à inquiéter la jeune maman.

Je vous rappelle qu'Amina est très sensible, elle est donc susceptible d'interpréter toute parole dans un sens négatif. Je dis aussi que, pour parler seul à seul, il a bien fallu que vous arriviez au moment où Ousmane était dans le parc. Pour ce faire, il a fallu compter avec le temps : le temps qu'Ousmane sorte de chez lui pour se rendre au parc municipal, le temps qu'il reste dans l'aire de jeu, le temps qu'il revienne avec les enfants qui avaient emporté leur ballon. Pour cela, il faut être présent, au pied de l'immeuble, avant le départ d'Ousmane. Il faut donc l'avoir épié pour être en mesure de constater, en toute certitude, que la voie est libre.

Je me suis dit abasourdi par une telle accusation. J'ai allégué, avec une certaine hauteur, qu'elle y allait un peu fort, cette fois. Et si, en ultime recours, il y avait, là derrière, une éventuelle mise en cause de ma personne, bien ou mal formulée, concernant le décès du veilleur de nuit, je me trouvais en mesure de certifier que je n'y étais pour rien. Alors, l'enquêtrice m'a regardé, un sourire, que j'aurais dit narquois, au coin des lèvres, puis, sortant de ce silence : Allez-y, continuez, Seghers… Ne vous gênez pas.

Donc, j'ai continué. D'abord, comment pouvez-vous soutenir une chose pareille ? Comment pouvez-vous imaginer que j'ai épié le mari de cette femme ? Elle comprend tout juste ce que je lui dis, et je peux vous le certifier, elle ne parle peut-être pas comme nous, mais elle s'y connaît en bavardages. Tenez, encore… l'autre jour, nous avons eu un barbecue. Eh bien, figurez-vous qu'elle était invitée, et, là, à aucun moment, je dis bien à aucun moment, elle n'a fait allusion à ma visite… Laissez tomber le barbecue, Seghers ! m'a interrompu l'enquêtrice. Voyons plutôt la suite : cette jeune femme a déclaré que vous auriez proféré des menaces, que je qualifierai pour ma part de menaces sourdes, voyez-vous, c'est-à-dire que votre interlocutrice n'a pas très bien su, à cet instant de votre visite, ce que signifiaient ces paroles que vous lui avez adressées.

J'ai répété que ça n'avait pas de sens : Soyons précis, madame l'enquêtrice, je n'ai jamais eu un mot de travers à l'égard d'Amina. Mais Hunter a prétendu que si : Dois-je dans ce cas, en déduire qu'Amina a rêvé ? qu'elle ne vous a jamais vu ? J'ai du mal à le croire. Je constate, Seghers, encore une fois, que vous laissez derrière vous quantité de petites phrases souvent très vagues, presque incompréhensibles, sujettes à interprétation, qui peuvent être reçues à l'occasion comme des menaces déguisées. Vous avez demandé à cette femme si elle avait des doutes sur les fréquentations de son mari, par exemple. Que voulez-vous qu'elle fasse d'une phrase pareille ? Sinon ne pas en parler à son mari, justement ? Parce qu'elle ne veut pas l'inquiéter à son tour. En tout cas, c'est ce qu'elle a déclaré, mot pour mot, aux gendarmes.

J'aurais préféré qu'une telle scène ne se déroule pas devant Amina. Quand nous avons quitté l'appartement, j'ai refusé un temps de monter dans le véhicule de l'enquêtrice, je connaissais le chemin et je saurais me débrouiller seul. Mais Hunter, restée patiente, est parvenue à me convaincre. Durant le trajet, elle m'a conseillé, à nouveau, de ne pas quitter le secteur, comme j'en avais l'intention, et de me soumettre à la décision des gendarmes.

24

Hunter m'a déposé devant la station. Elle m'a déclaré, les mains sur le volant, prête à redémarrer, qu'elle en avait fini avec l'enquête, elle remettait ses conclusions à la compagnie d'assurances avant la fin de la journée. Je devais donc m'attendre un jour ou l'autre à recevoir de ses nouvelles, parmi celles-ci, un dépôt de plainte pour déclaration frauduleuse. Je me suis contenté d'ouvrir la portière, sans réagir, sans lui demander la moindre explication, et j'ai posé un pied sur le sol, souhaitant très fort ne plus avoir à croiser son chemin.

Debout au milieu de la piste, j'ai constaté, contre tout espoir, que ma femme n'était pas revenue. Mais quelque chose me retenait : tant qu'elle ne connaîtrait pas la vérité, Remedios n'aurait aucune raison de m'en vouloir. Et, la vérité, à part moi, personne ne la connaissait. J'ai terminé ma valise : mes affaires d'été, quelques dernières chemises claires, et mon costume.

L'adjudant Bozonet était enfermé dans le bureau. Je l'ai aperçu, derrière la paroi de verre zébrée de suie, qui s'affairait au téléphone. J'ai alors reconnu un de mes classeurs de comptes ouvert devant lui. J'ai songé que, peut-être, mon souhait de le voir disparaître lui aussi était sur le point de se concrétiser, mais le gendarme est venu à ma rencontre, le visage tendu. Il m'a prié de l'accompagner dans le bureau, et de m'installer en face de lui.

J'ai pris un instant pour réfléchir, le temps de trouver un siège. J'avais organisé le meurtre d'Ousmane sur mon ignorance supposée de l'adultère. Je n'avais donc aucun mobile, ni aucune raison apparente d'attenter à la vie de ce garçon. Mais une remarque de l'enquêtrice, que je n'avais même pas relevée, m'est apparue, lumineuse : avec les gendarmes, avait-elle dit au retour de chez Amina, il faut toujours compter sur le miracle.

L'adjudant m'a annoncé qu'ils étaient parvenus, l'experte en assurances et lui, à croiser leurs informations respectives. Il a cependant déploré qu'ils n'aient jusqu'à présent retenu aucun indice matériel. Que des suppositions, Seghers !

Tout cela me convenait.

Maintenant, nous devons discuter, vous et moi, comme je vous l'ai dit dès le début, quelques heures après l'extinction de l'incendie, vous vous souvenez ? Cela vous rappellera que je tiens toujours mes promesses. J'ai encore quelque doute, une ombre dans mon esprit, et ce doute, vous allez m'aider à le lever. Vous avez eu une dernière conversation avec Brigitte Hunter, qui n'a pas manqué, certainement, de vous tenir au courant de son départ. Eh bien, je vous le confirme.

Sachez-le, cependant, l'experte en assurances n'a pas perdu son temps durant ces dernières vingt-quatre heures. Ça va peut-être vous amuser, mais savez-vous avec qui elle s'est particulièrement entretenue la nuit dernière, après vous avoir quitté ? J'apercevais la silhouette de Bozonet à contre-jour. Les rayons du soleil m'ont fait cligner des yeux, malgré les zébrures de suie sur la paroi vitrée. Hunter a eu une conversation serrée avec votre femme… J'ai haussé les épaules, pour simuler mon indifférence. Vous pensez que ça m'intéresse ? Hunter a le droit de parler à qui lui plaît… Oui, Seghers… avec votre femme. Et sachez-le, Hunter a beaucoup appris.

Il a étendu ses grandes jambes sous la table, en s'appuyant contre le dossier du fauteuil. Puis il s'est penché vers moi, m'observant, mais ce geste, j'en avais pris l'habitude avec Hunter. Ça ne m'a donc pas surpris.

Tout est parti d'un point, et je vous pose la question : Savez-vous qu'Ousmane, votre mécanicien, avait suivi des cours d'alphabétisation ? J'ai répondu que j'en avais vaguement entendu parler, c'était avant son embauche à la station, mais je ne voyais pas le rapport avec notre entretien, franchement…

Vous en savez davantage… ? ou c'est si vague que cela… ? a repris Bozonet. Je sais, oui, me suis-je impatienté, c'est des cours du soir, ils sont donnés par une association à la Maison pour Tous, dans le quartier habité par Ousmane. Alors, savez-vous qui donnait ces cours ? Non, je ne m'y suis jamais intéressé. C'était votre femme. Nous en avons déduit, Hunter et moi, que Remedios connaissait bien Ousmane. J'ai donc suivi les conseils de l'experte en assurances, et j'ai poussé un peu plus avant mes investigations. Vous ne savez pas, à tout hasard, qui payait ces cours pour primo-arrivants ? Signe négatif de ma part. J'ai failli dire, c'est le dernier de mes soucis, que ce soit payant ou gratuit ! Mais je me suis tu. C'est votre femme qui payait. Et, de fil en aiguille, la conversation se poursuivant, Remedios a fini par révéler sa liaison avec Ousmane. Et vous, vous nous avez toujours parlé de Walden. Mais Walden, lui, c'est autre chose, c'est un ami de lycée. Ils étaient ensemble en classe terminale, lui et Remedios, dans la même section. Il n'en faut pas plus pour rester amis.

J'ai rétorqué que je ne le croyais pas. Du début à la fin. Il se trompait, car il ne s'était jamais rien passé entre Remedios et mon veilleur de nuit, jamais, au grand jamais, je vous le certifie. J'étais quand même bien placé pour le savoir. Par contre, du côté de Walden… Et l'adjudant m'a observé avec un regain d'attention. Il a dit : La liaison avec Ousmane, c'est un mobile.

Il y a autre chose, a repris l'adjudant Bozonet, qui semblait avancer pas à pas, avec beaucoup de prudence, dans son raisonnement. Vous savez où il y a problème, Seghers ? J'ai marqué un temps d'hésitation, et j'ai quand même dit : Je vous vois venir ! Vous voulez que je vous apprenne comment je m'y serais pris si j'avais voulu faire du mal à mon veilleur de nuit ?

Je n'aurais pas utilisé l'expression faire du mal, a répliqué Bozonet, j'aurais dit que vous l'avez brûlé vif. Je ne convoque pas votre femme pour vous confronter, mais je pourrais le faire, a-t-il poursuivi, si la situation l'exige. Je crois que je lui évite ainsi une séance éprouvante. Vous voulez que je vous parle maintenant d'Ousmane ? Que je vous dise le genre de garçon, de père de famille que c'était, avant d'être assassiné dans les pires conditions… ? Vous pouvez m'annoncer ce que vous voulez, ai-je répondu.

Toujours en référence à ce qu'a dit votre femme, je vous pose cette autre question, Seghers : Vous souvenez-vous de cette gourmette offerte un jour à votre mécanicien ? J'ai dit oui. Qu'en avez-vous pensé ? s'est approché l'adjudant, bras croisés, coudes sur la table. J'en ai pensé qu'il n'a pas refusé cet objet personnel… Mais, votre femme, excusez-moi de vous interrompre, Seghers, a évoqué cette gourmette en or, achetée à Venise, et plus exactement sur le Lido, chez un joaillier. Remedios n'a strictement rien oublié de votre voyage. Elle a parlé de ces trois jours de vacances avec beaucoup de sensibilité, elle a transmis son émoi à Hunter, qui me l'a transmis à son tour. Remedios s'est souvenue de vos promenades au bord de la lagune, puis devant le Grand Hôtel Excelsior, où vous êtes entrés tous les deux, enfin, elle nous a confié son désir, retourner un jour à Venise, avec vous. Ce qui nous a laissés incrédules… Avec vous ! Seghers, vous m'entendez… ? Et je pensais, lors de chaque phrase, permettez-moi cette confidence, je pensais : dire que cela se termine par un acte criminel.

J'ai déclaré à mon tour que je pourrais moi aussi raconter ce voyage. Je vous rappelle que c'était nos fiançailles. Eh bien, justement, Seghers. Je reviens à cette gourmette. Vous vous en souvenez, c'est très bien… c'était un premier acompte sur sa prime de licenciement, ce qu'a expliqué Ousmane à votre femme le dernier soir de son existence, devant le Country Club. Remedios avait noté que vous ne portiez plus cette gourmette, mais elle ignorait que vous l'aviez remise à votre veilleur de nuit. Celui-ci a étonné Remedios quand il a sorti de sa poche la gourmette en or, que votre femme a aussitôt reconnue, surprise par la présence inattendue de cet objet dans la main de son amant. Elle se souvenait, évidemment, l'avoir achetée au Lido pour son mari. Alors, elle a demandé à Ousmane ce qu'il faisait avec cette gourmette, et Ousmane lui a révélé l'histoire du cadeau offert par son patron.

Je me suis tourné vers la porte pour sortir du bureau. Bozonet a posé sa main sur mon bras, non pour me retenir, mais pour me calmer, c'est ce qu'il a dit. Laissez-moi le temps de clore cette histoire, Seghers. Le reste, on verra plus tard. Voici donc ma supposition : dans votre geste de remettre cette gourmette à Ousmane un jour où il vous réclamait, avec quelle insistance, le montant de son indemnité de départ, vous n'avez pas retenu l'importance à ses yeux de cet objet. Vous pensez ! une gourmette en or. Pour tout dire, il n'a même pas songé à la revendre.

Où voulez-vous en venir ?

Je veux seulement vous dire qu'Ousmane, lui, n'a pas oublié ce geste de votre part. Ce qu'il a déclaré à Remedios, ce soir-là, devant le Country Club, fut : Ça ne se fait pas de se servir d'un cadeau pour payer ses dettes, surtout si c'est le cadeau de sa femme, et moi, ça me donne mauvaise conscience. Elle a ajouté qu'Ousmane lui a rendu cet objet.

Et maintenant, Seghers, que dois-je en conclure… ? Pourquoi a-t-il fait cela ? Justement ce soir-là ? Parce qu'il allait vous voir. Et pourquoi allait-il vous voir ? Parce que vous veniez de lui téléphoner. Là, ce n'est plus une supposition de ma part. Remedios l'a affirmé, puis certifié, noir sur blanc, dans sa déposition.

Suite à votre appel, Ousmane a déclaré à Remedios qu'il y avait un problème au garage, vous aviez besoin de son aide. Il allait y faire un saut. Ça lui prendrait une demi-heure, tout au plus. Il a ajouté qu'il pouvait rendre un dernier service à son patron. Et il en profiterait pour récupérer son argent.

Car Remedios n'en est pas restée là, elle nous a déclaré qu'Ousmane portait en effet, dans la poche arrière de son short, protégée par un étui plastique, la reconnaissance de dette que vous lui aviez signée un soir. Au téléphone, vous veniez de raconter à votre mécanicien qu'en plus de cette panne sur un poste de soudure, qui vous tracassait, vous aviez, en liquide, le dernier complément de son indemnité. Ce qui était faux, évidemment, mais peu importe. Et ce fameux papier, il avait l'intention de le déchirer devant vous, en échange de la somme manquante. Ce qu'il a expliqué à votre femme.

J'imagine qu'à son arrivée, malgré votre promesse de lui remettre son argent, vous ne lui avez pas laissé le temps de déchirer devant vous ce vulgaire morceau de papier porteur de votre reconnaissance de dette, et vous l'avez entraîné dans le garage. Désormais, ce qui compte, c'est votre parole contre celle de votre femme, je ne vois pas d'autre issue. À moins d'une révélation de votre part.

En dernier lieu, l'adjudant m'a demandé si c'était clair pour moi, et si je reconnaissais les faits.

25

Bozonet s'est absenté un instant. Un appel téléphonique qui le retenait à l'extérieur, s'est-il justifié, abandonnant son dossier ouvert, une chemise en carton, d'un vieux rose, et toujours son même stylo à bille. Il a quitté le bureau en se retournant. D'un signe, il semblait m'indiquer une suite possible. Noyé dans mes pensées, sa voix m'est parvenue, lointaine, de son échange avec les membres de la cellule d'investigation. J'ai pesé mes mots, mentalement, ceux que je prononcerais un par un avant mon départ pour la gendarmerie : je ne reconnais pas les faits.

Mon regard est tombé sur la première feuille du dossier tout proche. La photographie, en face de moi, à l'envers, mais facilement reconnaissable, du couple Ousmane et Amina, avec leurs enfants, en tenue estivale, peut-être au bord de la mer. Derrière ce portrait de famille, la suite de mon histoire pas encore terminée, ai-je songé.

Soudain, se fit entendre la voix de Bozonet, revenu dans le bureau, m'indiquant que Remedios acceptait, sur insistance de l'adjudant, de me revoir avant mon départ pour la gendarmerie. On court toujours le risque de laisser échapper certains faits, ensuite, il est trop tard, on le regrette toute sa vie, s'est-il expliqué.

L'adjudant voulait savoir, maintenant, si je me sentais capable de soutenir le regard de Remedios, après tout ce que j'avais fait. J'ai répondu oui. Ma femme est entrée, il l'a invitée à s'asseoir à la table. Cette pensée m'est revenue du commentaire de l'adjudant à propos de Remedios : ma parole contre la sienne. Pour transformer cette proposition, ai-je réfléchi, suffisait qu'elle devienne : sa parole contre la mienne. L'inverse exact. Il n'y a là, me suis-je dit, aucun écart de logique.

J'ai alors envisagé, concrètement, que ma femme change sa version des faits, ne dise plus rien de cet appel téléphonique, qu'elle se rétracte, déclare sur l'honneur en avoir toujours ignoré le contenu. Que le silence absolu recouvre enfin toute trace de ce que j'aurais pu dire au téléphone ce soir-là. Que je sois sauvé.

Et Remedios a changé sa version des faits. Elle l'a écrite sous mes yeux, et, sous mes yeux, sa main courait sur le papier.

Yves Ravey, *Un notaire peu ordinaire.*
Yves Ravey, *Trois jours chez ma tante.*
Yves Ravey, *Adultère.*
Alain Robbe-Grillet, *Djinn.*
Alain Robbe-Grillet, *Les Gommes.*
Alain Robbe-Grillet, *La Jalousie.*
Alain Robbe-Grillet, *Pour un nouveau roman.*
Alain Robbe-Grillet, *Le Voyeur.*
Jean Rouaud, *Les Champs d'honneur.*
Jean Rouaud, *Des hommes illustres.*
Nathalie Sarraute, *Tropismes.*
Eugène Savitzkaya, *Exquise Louise.*
Eugène Savitzkaya, *Marin mon cœur.*
Inge Scholl, *La Rose Blanche.*
Claude Simon, *L'Acacia.*
Claude Simon, *Les Géorgiques.*
Claude Simon, *L'Herbe.*
Claude Simon, *Histoire.*
Claude Simon, *La Route des Flandres.*
Claude Simon, *Le Tramway.*
Claude Simon, *Le Vent.*
Jean-Philippe Toussaint, *L'Appareil-photo.*
Jean-Philippe Toussaint, *Autoportrait (à l'étranger).*
Jean-Philippe Toussaint, *Faire l'amour.*
Jean-Philippe Toussaint, *Fuir.*
Jean-Philippe Toussaint, *Nue.*
Jean-Philippe Toussaint, *La Salle de bain.*
Jean-Philippe Toussaint, *La Télévision.*
Jean-Philippe Toussaint, *L'Urgence et la Patience.*
Jean-Philippe Toussaint, *La Vérité sur Marie.*
Tanguy Viel, *L'Absolue Perfection du crime.*
Tanguy Viel, *Article 353 du code pénal.*
Tanguy Viel, *Cinéma.*
Tanguy Viel, *La Disparition de Jim Sullivan.*
Tanguy Viel, *La Fille qu'on appelle.*
Tanguy Viel, *Insoupçonnable.*
Tanguy Viel, *Paris-Brest.*
Antoine Volodine, *Lisbonne, dernière marge.*
Antoine Volodine, *Le Port intérieur.*
Elie Wiesel, *La Nuit.*
Monique Wittig, *Le Corps lesbien.*
Monique Wittig, *Les Guérillères.*
Monique Wittig, *L'Opoponax.*

Jean Echenoz, *Cherokee.*
Jean Echenoz, *Envoyée spéciale.*
Jean Echenoz, *L'Équipée malaise.*
Jean Echenoz, *Les Grandes Blondes.*
Jean Echenoz, *Je m'en vais.*
Jean Echenoz, *Lac.*
Jean Echenoz, *Nous trois.*
Jean Echenoz, *Un an.*
Jean Echenoz, *Vie de Gérard Fulmard.*
Paul Éluard, *Au rendez-vous allemand suivi de Poésie et vérité 1942.*
Christian Gailly, *Be-Bop.*
Christian Gailly, *Dernier amour.*
Christian Gailly, *Les Évadés.*
Christian Gailly, *Les Fleurs.*
Christian Gailly, *L'Incident.*
Christian Gailly, *K.622.*
Christian Gailly, *Nuage rouge.*
Christian Gailly, *Un soir au club.*
Anne Godard, *L'Inconsolable.*
Bernard-Marie Koltès, *Une part de ma vie.*
Hélène Lenoir, *L'Entracte.*
Hélène Lenoir, *Son nom d'avant.*
Robert Linhart, *L'Établi.*
Laurent Mauvignier, *Apprendre à finir.*
Laurent Mauvignier, *Autour du monde.*
Laurent Mauvignier, *Continuer.*
Laurent Mauvignier, *Dans la foule.*
Laurent Mauvignier, *Des hommes.*
Laurent Mauvignier, *Histoires de la nuit.*
Laurent Mauvignier, *Loin d'eux.*
Marie NDiaye, *En famille.*
Marie NDiaye, *Rosie Carpe.*
Marie NDiaye, *La Sorcière.*
Marie NDiaye, *Un temps de saison.*
Christian Oster, *Loin d'Odile.*
Christian Oster, *Mon grand appartement.*
Christian Oster, *Une femme de ménage.*
Robert Pinget, *L'Inquisitoire.*
Robert Pinget, *Monsieur Songe suivi de Le Harnais et Charrue.*
Yves Ravey, *Le Drap.*
Yves Ravey, *Enlèvement avec rançon.*
Yves Ravey, *La Fille de mon meilleur ami.*
Yves Ravey, *Pas dupe.*

DANS LA COLLECTION “DOUBLE”

Henri Alleg, *La Question.*
Vincent Almendros, *Faire mouche.*
Vincent Almendros, *Un été.*
Yann Andréa, *M. D.*
Pierre Bayard, *Aurais-je été résistant ou bourreau ?*
Pierre Bayard, *L'Affaire du chien des Baskerville.*
Pierre Bayard, *Enquête sur Hamlet.*
Pierre Bayard, *Qui a tué Roger Ackroyd ?*
Pierre Bayard, *La Vérité sur “Ils étaient dix”.*
Samuel Beckett, *L'Innommable.*
Samuel Beckett, *Malone meurt.*
Samuel Beckett, *Mercier et Camier.*
Samuel Beckett, *Molloy.*
Samuel Beckett, *Oh les beaux jours.*
Samuel Beckett, *Watt.*
François Bon, *Sortie d'usine.*
Michel Butor, *L'Emploi du temps.*
Michel Butor, *La Modification.*
Éric Chevillard, *Les Absences du capitaine Cook.*
Éric Chevillard, *Du hérisson.*
Éric Chevillard, *La Nébuleuse du crabe.*
Éric Chevillard, *Oreille rouge.*
Éric Chevillard, *Palafox.*
Éric Chevillard, *Ronce-Rose.*
Éric Chevillard, *Le Vaillant petit tailleur.*
Julia Deck, *Propriété privée.*
Julia Deck, *Viviane Élisabeth Fauville.*
Pauline Delabroy-Allard, *Ça raconte Sarah.*
Charlotte Delbo, *Auschwitz et après I. Aucun de nous ne reviendra.*
Charlotte Delbo, *Auschwitz et après II, III. Une connaissance inutile, Mesure de nos jours.*
Marguerite Duras, *Détruire dit-elle.*
Marguerite Duras, *Emily L.*
Marguerite Duras, *L'Été 80.*
Marguerite Duras, *Moderato cantabile.*
Marguerite Duras, *Savannah bay.*
Marguerite Duras, *Les Yeux bleus cheveux noirs.*
Marguerite Duras, Xavière Gauthier, *Les Parleuses.*
Marguerite Duras, Michelle Porte, *Les Lieux de Marguerite Duras.*
Tony Duvert, *L'Île Atlantique.*
Jean Echenoz, *Au piano.*

DU MÊME AUTEUR

BUREAU DES ILLETTRÉS, *roman, 1992*
LE COURS CLASSIQUE, *roman, 1995*
ALERTE, *roman, 1996*
MOTEUR, *roman, 1997*
MONPARNASSE REÇOIT, *théâtre, 1997*
LA CONCESSION PILGRIM, *théâtre, 1999*
LE DRAP, *roman, 2003* («double», n° 128)
DIEU EST UN STEWARD DE BONNE COMPOSITION, *théâtre, 2005*
PRIS AU PIÈGE, *roman, 2005*
L'ÉPAVE, *roman, 2006*
BAMBI BAR, *roman, 2008*
CUTTER, *roman, 2009*
ENLÈVEMENT AVEC RANÇON, *roman, 2010* («double», n° 87)
UN NOTAIRE PEU ORDINAIRE, *roman, 2013* («double», n° 98)
LA FILLE DE MON MEILLEUR AMI, *roman, 2014* («double», n° 103)
SANS ÉTAT D'ÂME, *roman, 2015*
TROIS JOURS CHEZ MA TANTE, *roman, 2017* (« double », n° 117)
PAS DUPE, *roman, 2019* (« double », n° 122)
ADULTÈRE, *roman, 2021*
TAORMINE, *roman, 2022*

Chez d'autres éditeurs

LA TABLE DES SINGES, *roman*, Gallimard, *1989*
PUDEUR DE LA LECTURE, Les Solitaires intempestifs, *2003*
CARRÉ BLANC, Les Solitaires intempestifs, *2003*